小説禁止令に賛同する

いとうせいこう

集英社文庫

小説禁止令に賛同する

一

ほんの少しだけ眠っていた気がしますが、今は大丈夫。しっかり醒《さ》めています。

難しい話はいたしませんので、どうぞここに目を落とされますよう。

列島では、地中で凍っている水脈がゆるんで動き出すのを暦の上での小寒の、その中でも三つに分かれた期間の第二番目、次候というところに当てて考えてきたそうであります。

今年でいえばこれを書いている一月初旬のことで、わたしはそれをあなたも読んでいらっしゃるこの小冊子『やすらか』で確認したのです。

丁寧に一枚ずつ紙に複写され、金属の小さな針で綴《と》じてある手作りの小冊子。わたしたち収監者の唯一の情報源、まさに心の安らぎ。その『やすらか』一月号の冒頭に、二種類の暦が掲載されていたことは皆さんもよく覚えていらっしゃるはず。

ちなみに出版界に長くいたわたしですが、この丸々一か月ずれた雑誌の表記にはいつまでたっても慣れません。十二月に出るのに新年号、一月に出るのに二月号。各説あるうちでもわたしは、かつて全国配送に時間がかかり、一か月は猶予を見なければならなかったという話が一番好きです。

それはともかく、その二〇三六年一月号（昨年十二月配布）に印刷されていた表によると、内地では同じ地中のゆるみが冬至の末候、つまり昨年の大晦■から一月四■までに割り当てられており、変化はちょうど十夜遅れでわたしの東端《とうたん》列島へ訪れることになります。

北緯で言えば内地の首都と列島新首都のずれは確か四度ほど。地球単位で考えればよく似た緯度の高さにふたつの都市はあるわけで、これは上海と横浜でもたいして変わらないでしょう。けれど、そのわずか四度の違いがつまり、十夜という時間となって大地の下の氷に影響を及ぼす。北半球では、北緯一度につき二夜半ずつ地のゆるみが異なるのかもしれません。

などと大いなる自然に思いをはせるわたしの部屋の混凝土《こんくりーと》の床は、まだ氷の塊のように冷えております。地下の水脈にゆるみがあるとも思われない。北西向きの集合棟の地階だからでしょうか。皆さんのお部屋はいかがですか？　列島の東半分に点々とお暮らしの方々は。

凍傷になろうとかまうものかと思ってついさっき、わたしは帳面と万年筆を両手に持ったまま灰色の床に右耳をぺたりとつけ、地の底の水の流れを知ろうとしたのですが、なんであれ動くような音はまるで聞こえてきません。

それでも何か、と思って聴覚を鋭くしてみれば、反対側の、つまり空いた方の左耳に外からの鳥の声が落ちてきたのです。

あいつらです、ほら茶色の。斑《まだら》の。そう、雀です、これは。春の訪れの先触れのような、連中の細かな鳴き声。人と共存する鳥の。

わたしは起き上がって椅子に戻りますが、そうなればよろめくのはいつものこと。やっぱり年なのです。自分がすでに七十五歳という事実をわたしはよく忘れがちで、そもそも大病をしたことがなく、自分が長く患っているのは外反拇趾《がいはんぼし》と胃酸過多と軽い緑内障くらいなものだったからか、いつまでも精神年齢が低い。

とはいえわたしにはさすがにもう、右足の膝から下の感覚がほとんどないのですよ（つまり外反拇趾はもうあってなきがごとしだ）。左足だって両腕だって冷えでこわばっていますしね。床にしばらくつけていた耳の輪郭は火であぶられたように熱くなりますが、熱ければいいってものじゃない。じき右足と同じように感覚を失うのではないでしょうか。

けれど今この時、雨になりそうな外気の湿っぽさにわたしは敏感です。湿り気の中に粒だつ冷気のなんと明らかなことでしょう。

それは手の届かない高さの出窓の奥にある、鉄格子を縦に幾つかはめられた厚い樹脂硝子《がらす》の板の周囲から漏れ入ってくるように感じられます。事実、窓の下に立つと、白い壁面を伝って見えない靄《もや》のような寒さが降りてくるのがわかります。あるいは部屋の反対側にある鉄扉の足元にはめられた鉄格子の隙間からも。

ずいぶん眠っていないような気がしてしまう。いえ、気がするだけで、実際に眠っているはずなのです。さっきまでだってそうだったのですから。

わたしはこの暮らしに十分満足しております。鉄扉の右手前に置かれた、金属の骨組みと敷布団だけでできた無駄のない寝台の上、けばだって温かな毛布を特別に三枚もいただいて。夜中、尿意で何度か起きて足をひきずり、反対側の壁際の便器に座って戻ってまた寝て、朝食のあとも冷たく滑らかな壁に背をつけて座って舟をこいで、その度に首の後ろを冷たくして。

夢うつつなのです。もはや眠っていても醒めていてもたいして変わらないのかもしれない、と感じるほどに。

『老眠早覚常残夜（老いの眠り早く覚めて常に夜を残す）

病力先衰不待年（病の力先ず衰えて年を待たず）』

偉大なる内地の、詩の王者たる白楽天《はくらくてん》先生は身にしみる詩を書いています。

東端列島の怪しい歴史書である『[redacted]書紀』ならば、浦島子《うらしまのこ》という優しい漁師が海から玉手箱を持ち帰り、開けて不老不死になるというのだけれど、そんな貴重な箱をわたしが持っているはずもなく……。

深く眠る力はまことに若い人たちのものです。ふがいないほどわたしたちの夢は短い。年月はどこかに潜んで溜《た》まりに溜まり、気力を削ってやがて人間を老樹のように枯らしてしまう。

そして冴《さ》え返るように目を醒ましていられる力もまた、あなたがた若い方のものです。そのあなたがたへとわたしはこの随筆を書いているつもりです。

さてこんな老いぼれにもう一枚毛布がいただけたら、とこのずいぶん節くれだってしまった指で書いて、どこまで毛布はやって来るでしょうか。にぶい感覚のからみあう想像上の映像の中にか、あるいは現実のこの部屋の入り口にあの質量と温もりをもってか。

＊

いや、これではいけません。

なんだかちょっと小説っぽいじゃないですか。

そういうものを書く癖がまだ自分にあるのだとしたら、驚くばかりです。

こちらはもっと平場で文を進めて行くつもりなのですから。

平場、ひらば。

小説らしからぬこういう言葉を使います。

ずいぶん昔、電視界の娯楽番組関係者がよく使った三文字。ただし現在がどうかは知りません。わたしはそちらの世界にもちょくちょく顔を出しておりましたが、果たして今も外界に放送が存在しているのか、ましてや娯楽番組が続いているのかどうかがまったくわからないので。

しかしともかく、平場とは何だったのか。

例えば、司会者からの質問に出演者が一斉に答えるとか、誰か一人が何らかの主題の解説をまかされるとか、つまり特定の枠組みの中で番組を進めるのとはちがって、冒頭に即興でしゃべり合うとか、映像を観たあとにただ思ったことを話すとか、なんの縛りもない状況をわたしたちは「平場」と呼んでいたものです。あるいは特別番組編成でない、通常の番組放送のことをそう呼ぶ人もいたことを含め、わたしはこの言葉を懐かしく思い出します。

平場に強い芸人こそが電視界の頂点に立つ。

それで言うともうひとつ、わたしは「野面《のづら》」という業界用語も好きだったのを思い出します。なんの予備知識もなく、番組説明もさして受けず、そのまま収録に突入してしまう。そして周囲の様子を見て素早く自分の役割をつかみ、しゃべり、笑わせ、番組趣旨にかなう発言をして帰っていく。何も知らなければ知らないほど、まわりもその反応が新鮮になるようなあり方。これこそ電視界でないと誉《ほ》め称えられない能力だったのではないでしょうか。

わたしが今書こうとしているのもそういう、あくまでなんの支えもない「平場」の、しかも準備も企みもない「野面」の話。つまり理想的な随筆そのものであります。かつての腕のいい娯楽番組出演者たちのように、わたしも思いついたことをそのまま、自由に活き活きと書いてまいりたい。

そして同時に（ここが何より重要な点でありますが）小説という作り物、いわば反・平場をわたしは徹底的に否定したいのであります。

なんといっても、わたしは亜細亜連合の新[redacted]局が発布したばかりの『小説禁止令』に誰よりも早く快哉《かいさい》を叫んだ文学関係者なのです。練られた筋書きだの、生活の機微を活写した虚構だの、人間のありようを深く追求するだの、そんなことの一切が嘘《うそ》八百だということを、わたしは平易な随筆でもってあきらかに示したい。

それが敗戦国の人間の、当然の責務だと考えるからであります。

*

さて、この小冊子『やすらか』が配られていると聞く他の部屋、あるいは他の地域の拘置所の、特に若い皆さん。ここで付け足しをさせて下さい。わたしの経歴をご存知の方もいないでしょうから。

かく言うわたし、[redacted]地区第三集合棟独房に収監されております八十六号は四十代前半、この列島にかつて存在した大きな出版社からまさに「随筆家」として賞をいただき、その当時で百万円（今なら二割増しくらいの価値があるのではないでしょうか）を無税でかっさらったことのある人間なのであります。

ちなみにその受賞作は、住んでいた集合住宅の軒下で鉢に入れた植物をちまちまと幾つも育てては枯らすという手記のような文章で、そもそもは電脳空間の中で勝手に書いていたものです。わたしはそれが出版されるとも思っておらず、ましてのちに御褒美をいただくとは夢にも思っていなかったわけです。

　育てた鉢をあれこれ思い出せば合計で四百、五百鉢にはなるでしょう。そのうち最後まで生き残っていたのは十数鉢というところ。しかしまあ、今では馬鹿らしいほど、わたしはその趣味に没頭したものであります。鉢殺しに。

　この季節ならばわたしのかつて住んでいた列島旧首都の東部地域、現在は存続特区と呼ばれているらしい場所の集合住宅一階の軒下で、そろそろ福寿草《ふくじゅそう》が芽を出しているでしょう。

　たとえ気候不順で川からの浸水が続いても、反対にもし黒々と土が変色していたとしても、やはり彼らは年を越えた頃に生えてくるだろうと思われます。球根は強いものです。そこから黄緑色の芽を出し、福寿草は黄色く可憐に花をひらく。まるでずいぶん長く水の中で息を止めていて、ようやく顔を外に出したという様子で、彼らは細い花弁の黄色い花をぱっと解いて空気を吸うでしょう。

　ああ、風信子《ひやしんす》もこの頃の代表的な園芸種であります。懐かしい植物。風信子。皆さんも子供の頃、学校で水栽培させられたのではないでしょうか。

小さな玉葱《たまねぎ》のような球根を透明な容器に入れ、下部を水に浸けておく。そして時には開花時期の操作のため、わざと冷蔵庫に入れて冷やしておいたりする。すると厳しい冬が来たと思った球根はじっと固く身を縮めて仮死状態のようなものに近づく。夢うつつになる。

それを十二月の終わりに室内に出して陽光に当てると、球根は春が来たと思う。命にかかわるほどの冬に耐えていた風信子は急いで球根の先を割り、中から薄緑色の、鳥のくちばしみたいな艶をした芽を出すと、それをぐいぐいと天へと伸ばしながら、同時に短いつぼみを茎からたくさん生やし、じき一気に花の群れを開かせる。

こうした子供っぽい科学実験みたいな行為はいくつになってもわたしの好奇心を刺激し、球根をずいぶん増やしては捨てずに新聞紙にくるんで軒下に置いておいたものです。今も探しに行けば幾つか、焼け残って乾いたまま転がっているのかもしれません。

もし外に出るような方があれば、わたしの球根を差し上げますので、見つけたら水に浸けてみて下さい。冷蔵庫に入れなくたっていいから。

それは必ずや芽を出すでしょう。

や、少々脱線したでしょうか。
賞の話に戻ります。

*

くれるというものはいただく。それがわたしのこの年齢まで変わらぬ堅固な方針。その上、当時どうしても欲しい古書が一冊、わたしにはあったのです。これがひどく高価な書物で、「現代美術の元祖」と呼ばれる仏蘭西《ふらんす》人が二十世紀初頭、巴里《ぱり》で千部のみ自費出版したという西洋将棋に関する奇特な研究書であります。

敵と味方で互いに王と歩兵だけ残っているような状況下、果たして最善手は何かという、ある種退屈の極みのごとき棋譜の探究。しかし、わたしにしてみれば、その退屈への積極的な関わりこそが、かの現代美術家の生涯にわたる思弁の核心にたどり着く手掛かりに思われたものです。

同じ二十世紀の後半、こちらは「現代演劇の始祖」と言われる愛蘭土《あいるらんど》出身のひどく筋肉質な男が、この西洋将棋の最後の局面を芝居にしています。彼ら二人は実際に巴里で西洋将棋の一戦を交えた間柄でもあり、出口のない哲学的な状況を自分たちの現実的な主題として話しあった可能性もある。

その芝居はまさしく『最終局面』と題され、出てくる人物は四人だったと記憶します。盲目で車椅子に乗った主人と、鋼鉄で出来た大型の缶にすっぽり入ったままの彼の両親、そして唯一、自由に外をのぞくことができる召使い。ただし主に会話をするのは主人と召使いであり、双方がひたすら毒づきあうばかりで部屋にはなんら変化が起きません。

そう、これこそまさに盤上の王と歩兵。

ちなみにここにわたしなどが知っている将棋、あるいは内地でこれを読んでいらっしゃるかもしれない官吏の方々などが慣れ親しまれているだろう中国象棋《しょうぎ》などとの決定的な違いがあります。

西洋将棋ではいわゆる歩兵が自分の斜め前の駒しか取れない。ゆえに同じ筋の上で敵味方の歩兵がぶつかりあえば、角突き合わせたまま膠着《こうちゃく》状態におちいるのです。他の駒がどちらかの歩兵を取って排除してしまうまで。

おかげで、王と歩兵のみが残るような最終局面が万が一あるとすれば、互いの王しか動き回ることができない。動けない歩兵の脇や背後から、王は彼らを取ろうと試みる。取ってしまえば味方の歩兵は一気に敵陣を進み、最後列に達すれば最強の駒、女王に昇格できるからです。そうなれば敵の負けは必至です。投了する以外ない。

したがって相手の王も当然警戒して常に周囲に張り込んでいる。ただし王たちは最小ひとつの枡目《ますめ》を空けて互いに見つめあいます。自分から死にに行く自殺手は禁じられていますから、最も近い枡目に飛び込むことはできない。ゆえに一方が一歩ずつ前後左右に離れれば一方も離れる。近づけば近づく。

さらに言うと、同じ手を繰り返しあう「千[redacted]手」になると引き分けになってしまうので、王はどちらも寄せては返す波のようなその動きにわずかずつ変化をつける。さっき左に進んだから、今度は斜め右。むろん相手もそれに応じて距離を詰める。するとぐるぐると、まるで輪舞のように王が盤面を踊り始めることになる。

規則通りの、死を避けるだけの踊り。あたかも揺れる着衣の裾で床をこすり続けるように。けれど一瞬でも気を抜いて動き間違えば死が訪れます。

仏蘭西の偉大な現代美術家も、愛蘭土の歴史的な戯曲家もきっと、この踊りの中に潜む退屈という主題、人生に生じる微かな変化の無意味さ、死なずにいなければならない決まりの奇妙さといったものに取り憑《っ》かれていたのだと思います。

さて、その西洋将棋の最終局面に関する美しい印刷の古書が、当時で六十万円ほどしたと記憶しています。末尾に付いた数枚の頁は石蠟《ぱらふぃん》で作られた半透明の紙で、そこにも盤面をあらわす線が引かれ、黒と赤の墨で互いの陣営での王の基礎動線が描かれており、頁の向こう側を透かして次の動きを見ることができる仕掛けになっている。それは「現代美術の元祖」の代表作、巨大な硝子板を用いて一枚の美術を造り出した通称「大硝子」を思わせてやみません。

わたしは現物が神田の古書店にあると人づてに聞いて以降、何度か現物を見にいっては頁をおそるおそる開いて仏蘭西語の他に独逸《どいつ》語と英語が併記されているのを確かめており、これなら自分にもかろうじて読めるのではないかと思ったものであります。そして実際、購入後はすぐに中学生並の英語能力で翻訳を始め、暇さえあればそこに書いてあるどうでもいいように見える駒の動きをひとつひとつ追って電脳空間に掲載したのです。その五年間は今から考えても自分の狂気の時代であったと思います。

けれどもそんなわたしにもわたしなりの理由があったのですよ。大学時代からその仏蘭西の現代美術家をはじめとして、偏愛するやはり仏蘭西の文学者（狂気と自殺でも名をなしている人物）、さらに崇敬する瑞西《すいす》出身の近代言語学の創始者という、わたしにとって特別な三人の著書の中心に、共通して「西洋将棋の比喩」があらわれることに麻薬を飲んだかのように魅了されていたからです。

特に近代言語学の創始者に至っては「言語は西洋将棋である。私はこの比喩を手放さない」とまで言っている。だからわたしはその美しい印刷物を読むことによって、言語そのものの、数千年隠されていた秘密が解けるとまで思い込んだのです。

しかしながら、当時のわたしは約束していた映画の原案をちっとも書かなかったことで裁判沙汰に巻き込まれ、一方的に断罪されて多大な賠償金を払わねばならなくなり、駅の売店の新聞を買うほどの金銭的余裕さえ持ち合わせていなかったとは、きっと誰もご存知ないことでしょう。

まさにその苦労絶えぬ時期、随筆の賞を受けるか受けないかの打診がわたしにやって来たのですよ！

なにしろ自分が随筆家だとも、随筆を書いたとも思っていないから、電話口で「へ？」と妙な音を出したと記憶しております。

けれど、副賞に金が出ると同じ電話口で知らされて態度を変えないはずがございません。即座に「お受けします」と結婚でも申し込まれたようなことを言ったのではないでしょうか。振り込みがあった翌朝には、わたしは地下鉄で神田に向かっていたように思います。

念願の書を翻訳しながら西欧の言語の謎を一気に解けるかもしれないと思い込んでいる病的な様子は、今でも電脳空間のどこかに残っているでしょう。あまりに時局から離れた書き物であったがゆえに、のちの[redacted]年紛争の間にも削除の命令は出なかったし、今でもなんの危険性も含まない馬鹿げた遊戯に過ぎませんが、しかしすべてはこうして植物の随筆から始まったことなのです。

さてそんなわたし、つまり随筆の腕に恵まれたと公けに認定もされているわたしは、これまでの旧政府では決して配ることのなかった小冊子を読む僥倖《ぎょうこう》に恵まれ、さらに自ら新政府方針に沿った執筆を志願して粉骨砕身、皆さまに興味を持っていただける話をつらつら書いてまいろうという所存であります。

自由に。

そうまったくもって自由自在に。

なにしろようやく不当な弾圧が終わったのですから。

昨年末から始まった新政府の時代をわたしはこうして湧き上がる文章でもって祝うのです。

帳面と万年筆を、十二年間取り上げられたままの古びたそれらを持ってきて下さり、わたしがこうしてものを書く姿を時々机の向こう側から見守って下さることとなった監視員諸氏に感謝するためにも、わたしは力の限りを尽くすのみであります。

＊

……と、こうして今後も連載としては多少分量がかさむおそれがあります。

しかし、そもそも随筆が短くなければいけないという決まりもないのですよ、皆さん。評判を得てやめられなくなり、続編、続々編と分量が増えて、結果小説の大作に匹敵するなんて事例も一般です。わたしの年代では團伊玖磨《だんいくま》、東海林《しょうじ》さだおなど素晴らしい文筆家の書物が終わりなく続いたものです。

この分野をひもとけば、十六世紀文芸復興期、仏蘭西の今度は高名な思想家・蒙田《もんてーにゅ》が生涯かけて何巻にもなる『随想録《ずいそうろく》』をものしたのはご存知の通り。東端列島の古い書物である鴨長明《かものちょうめい》の『方丈記《ほうじょうき》』や、清少納言《せいしょうなごん》という才気あふれた女性が書いた随筆のように、短く終わるものが国際的な常識というわけでもございません。

そもそも随筆の可能性はきわめて大きいのです。わたしたちが哲学書だと思っていても実は随筆だったということもある。例えば、わたしが学生時代から尊敬し続けていた、この東端列島を代表する批評家・柄谷行人《からたにこうじん》は自らの作品の多くを随筆だと言っています。ひょっとしたら全部かもしれない。

ささいなことを書き連ねることだけが随筆ではないのです。思考を文章によって進めることのできる、それはまことに奥深いものなのであります。

そうした随筆界の大先輩が書いた『随想録』の始まりの一文は確かこうです。それはわたしの思いそのものでもありますから引用させていただきたい。

「読者よ、これは誠実な書物なのだ」

そうです。まさしく、誠実な書物をわたしは書きたいのです。

小説などという、あまりに不誠実な文の塊が世の中に出回りすぎたから。

（施設情報露出　軽度処置　軽度処罰）

二

先月号からお世話になっております。『やすらか』執筆陣に加わりました、わたしです。

前回も述べました通り、我ら亜細亜連合のさる重要な部局による『小説禁止令』にもろ手を挙げて賛同したわたしは、この随筆連載が終わるまでに小説そのものの欺瞞《ぎまん》をすべて暴きます。

目的を果たすには一年かかるかもしれない。二年かもしれない。ともかく書き終えるまで自分は死ねないと思っておりますし、それまでどうか連載を打ち切らないでいただきたい。わたしはこの部屋から皆さんに真実だけを伝えてまいるのですから。もしも怠けている様子があったら、是非皆さんからお便りでご叱咤《しった》いただきたいと思います。

ということで、小説。

憎むべき小説。

あり得べからざる小説。

いったい誰がまだあんなものを書きたいというのでしょうか。まったくもってけしからぬ話であります。

例えば、次のようないかがわしさはなんでしょうか。

「ああ、そうですね」

と声がする。今、わたしの肩の後ろから呼びかける者がいる。

などと書いただけで一瞬、誰かがいるような空気が漂ってくるのです。わずかに小説らしくなる。少なくともああ何か始まったなと読者が身構えるようなものがうっすら生じるのではないでしょうか。

「ああ、そうですね」

ほら。

背後でなくても正面からでもよろしい。あるいは鉄扉の向こうからでも。

「ああ、そうですね」

こう書くだけで何かしら声がする。

昔、俳句界の巨匠・金子兜太《かねことうた》氏に教わった言葉に「物めく」という単語があります。東端列島の奇怪な短詩には、色々と昔の言葉遣いが出てくる。「けものめく」は何度か聞いたことがありますし、友人との酒の上での議論などで事実そうなったことも記憶に少なくないのですが、「物めく」は珍しく、味わい深い言い回しです。

兜太さんは誰かのこんな句を示したと思う。

「文脈の変化物めく鉄線花《てっせんか》」

会話をしているうちに、それが何やら次元の異なる言葉であるように思われてくる瞬間。自分ならざる者にしゃべらされているような奇妙な時。鉄線花は蔓《つる》性の植物で動物のように周囲に巻き付き、大きな花を咲かせてはそれをばらばらと解体させて散る、これまた妖しいところのある植物です。

この「物めく」の「物」はいわば物《もの》の怪《け》の「物」でもありましょう。また、ものさびしいの「もの」でもある。存在ならざる存在、ふとぞっとするような肌あい、何かが生じる予感、ないしは怨霊でも憑いたような空気。

物めく瞬間、は意識の隙間に入り込む。いやそこからぬっと出る。

わたしが今話題にしているのも、同じ物の怪の話です。それは文の間に忍び込んでくる奇怪な存在であります。

「ああ、そうですね」

ほら、また。

何の立場でこの声は肯定してくるのか。

絶対にわたしの後ろには人がいないのに。いや、もしどなたかいらっしゃったとしても決してこんな風に声をかけたりするはずはないのに。

ちなみに、この手の「作者が何かを書いている現場に登場人物が介入してくる小説」は、ある時代の東端列島文学を集めた書架があれば腐るほど見つけられます。作家という職業が裾野を広げ、文芸誌などという妙な権威が確立し、そこに何かを書いてさえいれば選ばれた者のように見えた頃、ことに[redacted]という年号で呼ばれた長い期間、作家はそういう仕組みの短編をやたらに書いたのです。

物書き同士の交流や編集者との会話。そうした工夫のない作品は枚挙にいとまがない（と言って、わたしは十数年この部屋にいるので実際には枚挙はかないませんが）。それはともかく、なぜ「ああ、そうですね」などと言う者があらわれると、途端に「物めく」のでしょうか。

もちろん肯定の言葉には限りません。例えば十九世紀[redacted]国で書かれた「代書人」をめぐる短編小説では（『白鯨《はくげい》』の作者は不条理な笑劇も書いたのです）、謎めいた人物がさかんに「そうしない方がいいと思うのですが」とつぶやく。

誰かがその人物に話しかけ、何かを要求します。
と、そのおかしな人物は答える。

「そうしない方がいいと思うのですが」

こうした言葉を誰かが書き、そして読者が読むと、すぐに（存在感の濃淡は読者次第ではあれ）、「物めく」何かが漂います。

気味の悪いこの小説的現象を感情移入という言葉で説明しようとする人がよくいましたが、なんでしょうかそのいい加減な説明は。わたしの後ろから出てきたまだ誰だかわからない人物に、いきなり読者が感情移入などするでしょうか。

ただし、これを「知覚移入」などとありもしない言葉で言い換えれば真実がわかってくるのではないでしょうか。せりふが書かれているのを読むと、読者の頭の中で微《かす》かに音めいたものが聴こえるのです。かつて人類が黙読できなかった時代であれば読者は文のすべてを声に出して読んだわけですが、その名残のようにして人は頭の中でせりふ部分を音の一歩手前のような音（わたしは過去に書いた文芸評論書『編物《あみもの》入《にゅう》門《もん》』の中で、この音を「幻音」と呼んでおります）にする。

すると、誰かが確かにそうしゃべっているように微かに、ほんの微かに人は錯覚する。話し言葉を地の文と分けてわかりやすく黙読しようとすればますますそうなるでしょう。

「ああ、そうですね」

これを忠実に読む時、「あーおーえすえ」に似た音が脳内で微小に鳴っているのがわかります。是非試してみて下さい。何やら音ならざる音、というかたぶん声を出す時の知覚にごく似た現象が生じる。

長い伝統を持つ口伝えの文学ときっぱり縁を切り、文字だけで作り上げる世界へと飽くなき追求を進めたはずの現代文学は、実はこうして「読むかのような音」と喉の奥でしっかり手を携えていたのです。

そして狡猾《こうかつ》に錯覚を利用し、現実味というものを生み出してきたのであります。

*

さらにこう書かれるとあなたはどうなるでしょうか。

ある女が言うのです。

「そうしない方がいいと思うのですが」

すると若い男が答えます。

「ああ、そうですね」

あなたは今、微妙に読み分けませんでしたか？

いやいや全部俺の声、わたしの声だという方もいらっしゃるでしょうが、数行戻って繰り返してみて下さい。頭の中でその「声」に薄い色のようなもの、軽い違いが付いていませんか。同じ声で読んでいるつもりでも、想像上の「声」が異なっていませんか。

つまりそれは「幻音」の世界で相違している。読者は無意識に読み分ける。

小説はこうしていわば読者を分裂させ、そのことでまるで作品内の他人が近くにいるように感じさせます。逆に書き手は、あたかもその「声」が読者の外からやってきたように思わせる。

それどころか書き手自身そう思い込んでしまいます。なぜなら書き手こそ、自分の小説の最初の読者だから。

自分で書きながら、作家は読む。その時の「声」の知覚が脳内に存在めいた「物」を生む。

「ああ、そうですね」

背後から呼びかける男の声。

なんならやはり正面からでもいいでしょう。

「そうしない方がいいと思うのですが」

幼児期から声のする方向に誰かがいると覚えさせられてきたからでしょうか。生存していくためにわたしたちは、部屋にあらわれる人物の危険度を「声」で判断せざるを得ない。もしも自分に襲いかからないようであれば、逆に好ましい興味を持って聞き耳を立てる。

そうした人間の習性に小説は巣くっているのかもしれません。

そこへいくとわたしのこの随筆はどうですか。他人の声なんてここまでひとつも(小説の悪例を挙げたのを除いて)使っておりません。

「読者よ、これは誠実な書物なのだ」

いや、まさにこれも他人の声の引用ではあれ、わたし自身の偽らざる言葉なのであります。

だいたいわたしはとっくに声帯を失っていて、声そのものがないのですしね。

＊

一方で書くとはいかなることでしょうか。

それがいかに奇怪な事態を招き寄せてしまいがちか。その怪しさから身を離しているために、根源から検証しておかねばなりません。さて、わたしはこの文を万年筆で書いています。返していただいた帳面にその筆記具で文字をこうしてつらつらと書いているのです。他の拘置所では信じられないかもしれません。文字を書くことができるなんて、と。けれど、わたしは誰よりも早く熱く『小説禁止令』に賛同した作家なのであり、その法令の正当性をまずは全国の集合棟にいらっしゃる皆さん、そしてやがては外部に住んでいる列島の皆さんへと広く伝える役目を買って出た身なのです。

白く、わずかにざらついた紙の上にわたしは墨で線を引きます。筆先がわたしの指の圧力で割れ、青黒い色の墨は、わずかに下向きに曲がって極小の鳥の口のような金属の塊のもとへと滴ってゆく。適度に、まさに適度に落ちた墨。その一点から縦横斜めに線を引っ張るとやがてひとつの文字があらわれる。

このいぶかしさをわたしは、皆さんとともに考えてみたい。この理解しがたさ、線を引く行為がすぐに意味を生むという謎めいた現象を。そこにもまた小説の気味の悪さの大きな要因があるのですから。

＊

一九八〇年代の中盤には、わたしはすでに電脳装置の前の鍵盤で文章を書いており、東端列島ではかなり早い方だったと思われます。

当時から旧首都の東側に住んでいたわたしは、割賦販売で名を馳せた錦糸町の百貨店でその機械を見つけたのです。幸運にも月々一万円でわずか二年くらいの支払い期間だったのではないか。奇《く》しくも放出されたばかりの格安の中古品だったのかもしれません。

わたしは自分の文章を欧[redacted]の文字で入力する作業を、胸のすくような反逆的行為だと感じた記憶があります。東端列島の人間は表意文字としての漢字と、表音文字としての平仮名、片仮名を混交させて文を書きます。そしてどれもがあたかも魂の底から湧き上がってきたもののように解釈し、文字をある種宗教的な尊いものとしてまつりあげる。

わたしはその非科学的な思い込みを、入力の手順によって簡単に捨てられると思ったのですよ。

鍵盤を使って例えば「蚊」と書きたいときに、いったん漢字を頭の中で仮名に換え、その「か」をさらに子音と母音という二つの西洋文字に分けてしまう。分けて入力して改めて「か」を作り、今度はそれを「蚊」や時には「架」や「火」に戻す。

その方法がひどく残虐で新しいと思われ、わたしは自分が東端列島の言葉を解体する大変化の先端にいると考えたのであります。

ところがそれを二十数年続けた四十代後半、逆にその文字の解体が行き詰まりとして迫ってくる。脳の中で表意文字を解体し続けた心的外傷なのかもしれません。そのせいもあってわたしの小説家としての仕事は止まってしまいます。何か虚構を作ろうとしても、わたしの脳は動かなくなったのです。言葉すべてがばらばらで無価値な記号の集合となり果てていたのだと思います。

それが五十代半ばを過ぎ、六十を前にした頃、つまり[redacted]年に及ぶ南方領土紛争のきっかけとなった衝突が度重なった二〇二〇年代初頭、わたしはなぜだかこの万年筆を持つことになったのであります。手の下からあらわれる線が、何かの予期を伴ってうごめくうち、いつも気づけばそれは文字になって出現したことを思い出します。実は今でも、書く直前まで何を書こうとしているのか自分でもよくわかっていません。それは絵描きの自由な素描のようなものなのだろうと思います。

なぜ直前までよくわからないかといえば、そもそも筆先が邪魔になって線の始まりの「点」が見えないからです。事実、もし書きたい文字が決まっていても、その始まりをしっかり視認することは手書きでは不可能だ。

例えば平仮名の「い」を体の正面の軸上で書こうとすると、左上にまず点を打つ時、筆先はその向こうをわずかに隠している。それを下に引っ張っていくと、出てきた線は確認できる。そのあとは右の部分。やっぱり筆先の墨は見えなくなる。

いわばわたしは筆先が「い」と動くであろうことを信じて指に力を入れるのです。そして文字の別な線に移るたび、自分の賭けの結果を目にします。

そこに文字が出現する。自分が確かに書いた文字が。けれど始まりがあやふやなので脳裏をよく探れば一部分誰かが書いたとも感じられる。そんな墨の染みがじわりと意味を伴ってくる。そしてわたしはいかにもわたしらしい字だと思う。

字にはそれぞれの癖があると、言い習わされています。特に署名という法的制度などは、まさしくその癖を人間一人ずつ固有のものと前提している。これは最初の「点」の所有権が不確かである真実を隠蔽する手段だとさえ、わたしは思いますよ。

文字の始まりは実は、それが誰のものか常にわからないのです。癖どころか自分に見えていないのだから。手書きで特に縦書きをする文字はこうして、いつでも誰か知らない人のものです。

このわけのわからなさを嫌がれば、西洋文字が横書きで左から右へと動く理由もわかるでしょう。筆先をより明確に認識したければそうするしかないのですから。けれどわたしや皆さんの多くのように、縦に列が続く文字を長い歴史の中で書いてきた者たちは、手先をより隠す書き方を選んだのだと言えます。ここにも「物めく」何かが入り込む隙があるのではないでしょうか。

決して非科学的なことを言いたいのではありません。創造的な刺激を脳にどう与えるか、という話をしているつもりです。

「いや、寺の扁額《へんがく》みたいに横書きを使うことだってあるじゃないか」

おっしゃる通りです。漢字文化圏ではすべて縦書きだったわけではありません。それは内地でも同様でしょう。だがその時、かつては文字を今とは逆に右から左へ書いたことを思い出していただきたいのです。

横書きで右から左。これこそ文字を隠そうとしてきた証拠そのものですよ。すでに書き終えた字は次の字を書く手の下にあり、まるでひと文字において最初の一点が見えないように、直前に書いた文字それ自体が隠れてしまうのです。

自分で書いている文字が自分で見えなくてもかまわなかった人々。

＊

それに対して、自分が書いている文字をより明確に目の前で把握しなければ気がすまない人々。

この相違で文明を分けてもいいかもしれません。

そして後者に属する人々が十九世紀、鍵盤で物を書く仕組みを発明し、実用化することを思い出して下さい。それはやがて電脳時代の鍵盤に直結するのだけれど、まず表音文字が打鍵器で打たれるようになるのです。

ここが重要です。この発明のどこが画期的であったか。

打鍵器で書くとは皆さん、つまり手先から離れた場所に文字をあらわすことに他ならない！

ひとつずつの釦《ぼたん》を押すと、それが活字につながった鉄線を動かし、用紙の上に印字されます。すなわち自分が打っている文字が何に隠されることもなく目の前に見える。筆先が文字を見えなくすることなど思いもよらない世界が、そこに広がったと言わねばなりません。文字を明白に把握したい文明がおのれを完全化したのです。

その鍵盤の導入を文字隠匿文明の側は一世紀ほど拒んだのだけれど、ついに入力文字の変換と編集と印刷を可能にする電脳機械の出現によって受け入れざるを得なくなります。前世紀末のことです。

表意文字文化圏がついに独特な脳への刺激法をなくしたのだ、とも言えるかもしれません。見えない文字への賭けをするうち、やがて「物めく」術。文そのものも当然賭けになってくるような勢いを。どこか魔術的なやり方を。

いえ、わたしは決して亜細亜連合を分裂させようと画策しているのでは絶対にありません。馬来西亜《まれーしあ》の文字も印度《いんど》の各言語も、元は手書きである以上、文字隠匿の[redacted]質はまったく同じです。筆記用具とは実は文字を隠す道具なのですから、すべてはひとつです。

わたしの文章をお読みになっている方々、わたしにおかしな意図はありません。ついつい論が広がってしまったのです。真実それだけです。

＊

さて今月も随筆の締切りが近づき、わたしには前号で所望した毛布が届いています。現実の、駱駝《らくだ》色の小さな毛布。

なんというありがたい心遣いでありましょうか。

この拘置所を管理する方々の優しさ。

何人かいらっしゃる現場担当者の方のうちの一人、浅黒く瞳のつぶらな、引き締まった筋肉を白い制服の下に秘めた若い官吏氏（馬来西亜軍からいらしているようです）はわたしにそれを投げ渡し、おもむろに用紙に署名を求めたのであります。

自分の愛読者なのかと図々しい勘違いをしたわたしが書いたのは、万年筆による崩し字の名前。

紙はざらついていて墨が滲《にじ》み、その署名は読み取れなかったと思います。

官吏氏には即座に謝罪をいたしましたが、この文章を通して重ねてお詫《わ》び申し上げる次第であります。


（脱線過多　連合分裂企図　中度処置　軽度処罰）

自主的に深く反省しております。

三

わたしは書くことでお詫びする以外ない人間。もし書かなければどうぞ足でもなんでも打って下さい。歩くのに困難なほど強くてけっこうです。わたしはそれでも午前午後三十分ずつ床の上で足を擦《こす》るようにして歩き、この原稿のために体を鍛え、意志を強くするつもりであります。

ということで今回は間髪容れずに主題に入りますが、まことに低劣な内容の小説群がわたしたちの間の諍《いさか》いを長引かせたことは皆さんもご存知の事実であります。まさか小説がそのような力を持つとは誰も思っていなかったのではないでしょうか、皆さん。

電脳空間での短言板などが世界を席巻し、各国首脳もそういった場所で公けの政策を発表するようになって、報道を担う新聞社や電視台の地位がみるみる没落していった二十一世紀初頭、亜細亜で小さな衝突が重なっている折、まさか東欧羅巴《よーろっぱ》において新しい媒体での為政者の言い合いが彼らの同盟瓦解《がかい》の大きなきっかけ、つまりあのような形での高官連続暗殺に発展するとは思っていなかったのですし、東端列島の中だけで言ってもすでに大きな政治陣営同士がお互いに風説しか流さないという状況になっていて、電脳利用者が徐々に熱を冷ましてしまい、かえって印刷された出版物の方へと信頼を移し直す傾向が記録的暴風雨のごとく吹き荒れたのですが、それを事前に予想していた者は世界にほぼ一人もいなかったはずであります。

人工知能と人間が手を携え、仮想現実内での娯楽が真正細菌のごとく勢力を広げていたというのに、その「映像」による直接的な影響を人はむしろ恐れるようになったのです。自爆攻撃がどの宗教からも生まれてしまったあの頃、それを促したのがまさしく技術的頂点を迎えた仮想現実産業でしたから。遊戯の延長のように人は映像の中で軽々と命を捨てたし、それを電脳空間で見た者はいつ自分たちが同じようになってもおかしくないと感じたのです。

そして皆さん、そうした世界での不安こそが人を書物に向かわせたとは、まったく夢のような出来事と言う以外ありません。圧倒的な映像技術の前で、文字ならば自分を冷静にすると人は考え、電脳世界で発信され続ける虚偽情報に混乱させられていた受け手たちは、特にすでに印刷されて訂正が利かない小説に飛びついたのです。刻々と真偽が移り変わる電脳内の文字列に、人々が嘔吐《おうと》を催すほどの不信感を覚えた数年のことは皆さんもよくよくご存知の通り。

そして文学が力を持ってしまったのです。

あの老人のように衰えた分野が。

すっかり終わったはずの時代遅れの物語群が。

もともと小説は他愛もないものだからこそ鋭く人間を世界を映し出せるとわたしたちは思っていたはずですし、読む者の人生の色あいを言葉の技術でわずかに変えられるならそれで十分で、ゆえにこそ真剣な戯れの中にいたつもりだったのに。

すでに報道機関は力を失い、電脳世界との接続を断つ者が増え、逆に小説こそ元来虚構だから規制しないでよいだろうとされていた間にそれは各国民を過剰に熱狂させ、すぐさま国と国を対立させ、冷静になることを呼びかける文学者にはかえって虚言家の刻印を押して追放したのですよ、「熱い書物」を読む人々が。

あの幽霊が、またぞろ世界に解き放たれたのです。戦争神経症による興奮が。そのもととなる悪しき文学が。つまり小説の中の浪漫が。わかりやすい物語が。勧善懲悪が。愛が。

読みやすくて感情を燃え上がらせる稚拙な小説がほとんどでしたが、それ以前に書かれた古典的で優秀な小説も各国内で驚くほどの勢いを持って復刊されたと聞きます。それら古典には必ず人を煽《あお》るこんな宣伝文句が付けられていたことを思い出します。

「この絶望がわかるのは私たちだけだ」

「素晴らしいこの情のありさまは、絶対にやつらには読めない」

中には異国の名作翻訳であるにもかかわらず、こう焚《た》きつけた文章も思い出されます。

「我々の国の言葉だからこそ美しさが輝く」

今考えても愚劣な言葉であります。

ことに亜細亜は文字の種類の多い場所であり、内地、朝鮮半島、馬来西亜、印度、東端列島それぞれで互いに読みようのない言語を使用しています。そこが[redacted]国、欧羅巴と違う。だからいったん自国の文学に誇りを持ち始めると手をつけられない。もとはただの文字の書き方の問題なのだけれど、容易に浪漫的な気分をかきたてられてしまう。小説こそがそんな単純な浪漫をおちょくる力を持っているのに、「国家」という物語はそれをねじ伏せ、逆に自らの原動力に変えるのです。

前世紀後半、すでに[redacted]国の優秀な比較政治学者が『想像の共同体』という名著をあらわし、出版資■主義が「国民」を作ると指摘していたのをわたしは思い出します。新聞は、雑誌は、聖書は「国民」の言語を作り、「国民感情」をかきたて、近代になって人為的に引かれた国境線に沿った「国家」を作り出したのです。

　この出版資■主義の分析は正しいが、時代としてはあくまでも過去を扱っているとわたしたちは考えていたはずです。

けれど紙への渇望がいきなり出現し、互いの国は小説を翻訳禁止にしあい、歴史をご都合主義で書き換え、死をもてあそび、すさまじい売り上げを得てしまったのです。まさに熱に浮かされたように。

　幾つかの冷静な国では出版物への規制が静かに行われましたが、書物、特に小説は他国から法の網の目をくぐって押し寄せて来たのを今もって衝撃とともに思い出します。他国の国家主義を焚きつけるような小説を、各国の出版資■主義者たちは財を得るためだけに他国の言語で印刷し、輸出しあったのですから。

　そして何より東端列島の皆さんなら、その紙による出版への急激な信頼こそが、わたしたち資源のない列島に大きな価値を持たせてしまった意外な展開を思い出すでしょう。それまでこの細長い領土は占領する意味などなかったのです。わたしたちは働くことで国家の価値を作り出していただけで、もし占領されれば労働意欲は一気に減退し、制圧側は資[redacted]をかけただけの利益が得られない。

けれどわたしたちの自我はそれを認めるわけにいかず、何かと自分たちの国土に価値があると言い募り、必ず最後には地政学的な重要性があるのだと言い張ったものです。

しかしまさか紙での出版という、つまり印刷された文字への信頼上昇が、東端列島のほとんどを占める森に巨大な価値を与えると誰が予想し得たでしょう。内地をはじめ周辺各国で大規模伐採が禁止され始めると（度重なる大型土砂崩れ、巨大台風による水害の連続がいかに痛ましい結果をもたらしたか、わたしたちは体験上よく知っているはずです）、すっかり林業が廃れており、一文にもならないと言われた森林を背骨のように持つ東端列島が、歴史上初めて真実占領すべき価値を持ったのであります。あらゆる木材を紙とする技術の進化とともに。

もともと『想像の共同体』では新約聖書が出版資[redacted]主義の例として挙げられています。つまり馬丁《まるてぃん》・路徳《るたー》こそ、出版界の最初の成功者だった、と。実際、彼の出現により、新約聖書は教会から個人へと信仰の場を移し替えました。信者が個人として聖典と向き合ってよいことになり、かの書物を独占していた教会の権力はおおいに削《そ》がれたのです。

つまり一冊の出版物が世界を変え、同時に出版資[redacted]主義に莫大《ばくだい》な富をもたらしたことを『想像の共同体』は指摘している。

さすがに新約聖書ほどではないにせよ、紛争前の東端列島内部でも社会的影響力の強い出版物が何冊となくまき散らされたのをわたしは数少ないながら残った超大型書店で、電車内で、出版社が駅前などに仮設した展示区域で見たものです。

すでに先だって戦争犯罪人として裁かれた作家の『狸穴《まみあな》大佐』『炎熱の原子炉』といったあからさまに扇情的で無価値な小説群だけでなく、一切政治的言動をしなかった者の一連の、しかし古来の東端列島の言語遊戯を継承するかのような売れ筋作品『まほろば動物』十部作もまた、今になって残酷なほど批判の槍玉《やりだま》に挙げられています。

批判どころか数十人の小説家が、この東端列島の中で矢継ぎ早に粛清されたわけですが、わたしはもっと執拗《しつよう》に裁判を続けるべきだったと考えています。彼ら愚劣な者の命を奪うのは簡単で、それよりむしろなぜ文学が愚劣になり得たのかを裁きを通して明らかにすべきだったように思います。

また、わたしは同時に、彼らばかりを批判する者たちにも与《くみ》したくはないのです。亜細亜連合の重要なる部局の方々に、これは生意気ながら注進申し上げる次第です。

どうぞお読み下さい。

むしろ自分にはなんの罪もなかったかのように紛争を振り返ってみせる大勢の知識人や文化人、そして電脳随筆家たちこそ、前世紀、第二次世界大戦の後に起こったことをまるまる繰り返しております。

彼らだってあんなに熱を上げていたではないですか。彼らはわたしたちのように投獄されたわけでもなく、自国の官吏に指を折られたり、爪を剝がされたり、名誉のすべてを剝奪されて過去の履歴を消されたりはしなかったではないですか。耳を平手ではたかれて鼓膜を破られたり、喉に箸を突っ込まれて声帯を壊されたりしていない。そのくせ国が解放されるとすぐさま喜色満面、汚染された[redacted]地方をそっくり捨てたまま新しい統制を表向きは誉め称え、新しい旗を振ってみせている。

「戦後文学」と前世紀呼ばれたものの中では、こうした戦後の心変わりの滑らかさに嫌気を覚えた作家が過半だったと思います。わたしは今になって彼らの不機嫌さを自分のものとして実感しています。

わたしは決して新[redacted]体制に不服を述べているのではありません。それどころか、それに心から低く低く頭《こうべ》を垂れる者であります。

わたしはむしろ、現状に不満を持つ人々にこそ訴えています。

このまま放っておけば、どうせ数十年後にまた同じ「戦後文学」が始まってしまわないかと心を痛めているのです。東端列島民の恐るべき不真面目さを憂えているのです。

加害者だった人間がみな被害者のふりをしている。

なんという退屈な反復でしょうか。

心構えの決まらないただただ熱狂的な退屈さ、人間の性根を見据えない他人まかせの反復。

皆さん、わたしは旧政府によっていきなり投獄された者であります。

今も、なぜ逮捕拘留されたのか亜細亜連合新[redacted]局の皆さんにも理解できず、ゆえにこそ調査が続いて外に出られずにいる者です。わたしはかえってよかったと思っています。それは妻の言葉を何度となく思い出して自分に言い聞かせてもいることです。くわしいことはいずれ書かせていただきます。

とにもかくにも、かわり映えのしない人々の考えの薄っぺらさにわたしは倦《う》み疲れています。

それでもわたしは皆さんに、こうして微かな「声」で呼びかけているのです。

そうした考えの上でこそ、わたしは小説を書かずにいます。他人にも書かせたくはありません。

＊

そもそも、わたしたち列島の文学者のほとんどが小説の原理をまともに追求したことがない。それは戦争への熱狂を追求し、反省しないことと同じである。

ゆえにわたしは『やすらか』今号で、遠い昔から「編物論《あみものろん》」と呼んできた方法を使って証明を行います。それはつまり作家の普段の振る舞いやら、自作を語る言葉などに一切関係しない読み方、作品を単なる文章の編物としてだけ見る姿勢のことです。

文章を「織物《おり》」と呼ぶことは一部の批評家に一般なのですが、わたしはそれがもっと毛糸のように隙間を含んだ、しかも手編みの不安定さに左右されるがごとき存在だと主張し、ゆえに「編物」という概念を半ば冗談のように作り上げた次第です。

その上で、どの文章の毛糸がどの作家の文章の毛糸と交差するか、どの単語とどの単語によって読者の両手の間に柄を描くかといった技術的な視点から何作も創作を行い、その方法論に関する随筆を集めた書物を出版した後（二〇二二年『編物入門』、二〇二三年『反時代的編物』）、旧政府によって自宅から連れ去られることにもなったのであります。

政治的発言のいっさい含まれない、しかも二十世紀の後半に仏蘭西を中心に展開された典型的な文芸評論の影響下にある、正直さほど新しい提言もない著作のために監獄へ送られるなどという愚かなことが、この東端列島では当時、まことに自然だったのであります。

まったく同じことが第二次世界大戦直前にもあったことを、皆さんの中で何人かの方は今、想起されたのではないでしょうか。

京大俳句事件と呼ばれる異常な事態です。一九四〇年、同人誌『京大俳句』の会員十五名が治安維持法違反で逮捕され、投獄された歴史的事件であり、思想弾圧としても苛烈なことながら、理解しがたいのは新興俳句という現代的な言葉の使い方を実験していただけである者らがその思想に関係なく摘発された事実であります。

才能のない者からの嫉妬がそこにあったと見るのは五木《いつき》寛之《ひろゆき》『さかしまに』であり、この作品が当時の雰囲気をきわめてよくあらわしているとわたしに教えてくれたのは、この連載でも俳人としてすでに紹介した金子兜太氏、その時代を具体的に知っている人物であります。

自分たちに理解できないものを遠ざけ、新しい創作をする運動自体を潰《つぶ》してしまおうとする勢力がその頃も、また南方領土紛争直前においても争いが[redacted]年続いた渦中でも、さらにはおそらくその後短く終わった亜細亜新[redacted]戦争でも発言を強めたのだろうと、この拘置所に捕らえられた他の「思想犯」の方々による旧政府への怒りに満ちた随筆の数々（『やすらか』掲載）から推し量っております。

　そしてわたしはわたしで、再び自由な表現ができるようになった時代の到来を喜びながら、自身の「編物論」を『小説禁止令』のために再び全面的に使用したいと思っています。

*

　小説の世界はまったくもって薄気味の悪い宇宙です。
それは人生とはまるで異なった常識が通用する世界です。小説家は皆それを知っている。知っていて黙っている。卑怯《ひきょう》なことに。
ちょうどこの二〇三六年、うるう年の二月という時間のずれが生じる折にその隠された不気味な真実をお伝えするのも一興でありましょう。

　さて、東端列島の人間がかつて「国民文学」と讃えてきた夏目漱石《なつめそうせき》という作家の作品『行人《こうじん》』を例に挙げましょう（これは『編物入門』でもくわしく論じた問題なので、現物がなくても十分に正しく引用できるつもりですが、より詳細に語るとすればやはり実際の書物を貸していただけると間違いがないかと思われます）。

『行人』という長編小説は男兄弟の弟・二郎の視線で書かれています。兄の一郎は自分の妻である直《なお》の愛情を疑い、ついに二郎に彼女と二人で旅行に行ってくれと頼むに至ります。

二郎と兄嫁・直が仕方なく向かった和歌山の旅館で、彼らは雨に降りこめられます。直と二人きりで部屋にいる二郎はやがて、彼女と兄の話をする。泣き出す直にさらに二郎は「正直な所嫂《ねえ》さんは兄さんが好きなんですか、又嫌いなんですか」と問いただします。

さて、わたしがこの作品で唯一、というか写実主義的な夏目漱石の系列作品の中では珍しいあからさまな「小説の裂け目」と考える、歪《ゆが》んだ宇宙の入り口まではあと少しであります。

兄嫁は「貴方《あなた》何の必要があってそんな事を聞くの」と言う。「妾《あたし》が兄さん以外に好いてる男でもあると思っていらっしゃるの」と言う。二郎は「そういう訳じゃ決してないんですが」と口ごもる。直は「私《わたくし》が冷淡に見えるのは、全く私が腑抜《ふぬけ》の所為《せい》だ」と言い出す。あなたの悪口をそんな風に言う者は家にいないと二郎が答えると、彼女はこう切り返す。

「これでも時々は他《ひと》から親切だって賞《ほ》められる事もあってよ」

そこで二郎は、かつて自分も柔らかい詰め物をした袋に蜻蛉《とんぼ》だの草花だのを色々な糸で縫ってもらったこと、その折にあなたは親切だと感謝したことを思い出す。心の中で。

すると即座に兄嫁が答えるのです。

「あれ、まだ有るでしょう綺麗《きれい》ね」

と。

この時、直は二郎の心の中の言葉に反応してしまうかに見えます。

しかし二郎は驚きもしない。「ええ。大事にして持っています」と答えるだけで。

ふと耳を澄ますとさっきまで聞こえていた別の部屋からの三味線の音はやんでいる。二郎は時間がわからなくなり、女性従業員に話しかけます。そして彼女の口から、自分たちが暴風雨に襲われていて帰れないのだと知らされる。

果たして作者は書き間違えたのでしょうか。

直が他人の心を不自然に見透かす場面を。

書いている作者だけが知っているはずのことを、書かれている直の中につい移してしまったのだと、あなたは思われますか。あるいは、[redacted]常の中でも対話相手が考えていることにふと同調してしまう不思議な瞬間はあり、その現実を漱石が見事にすくいあげているとお思いでしょうか。

書かれた世界、小説の裂け目がここに口を開いています。しかし、現実に近いようにも読み得るぎりぎりのところで、漱石は筆を止めているのです。これがこの作家のあまりに現代的で先進的な、そしてまた老獪《ろうかい》な部分です。

率直に言って、書いている作者も、書かれている直も二郎もひとつの空間（この場合は漱石専用の原稿用紙の上）で同等の存在になってしまうことがあるのです。

書かれた「直」がそこにいる。その目の前に書かれた「二郎」がいる。

他にも書かれたものがあります。周囲には書かれた「室《へや》」があり、聞こえてくる「三味線」の音があり、「庭木」があり、「雨」があり、「雲の往来《ゆきき》」が確かにあったはずだ。これらは文字として存在していますから、書かれることで等しく立ち上がってくる独特な世界の一部です。

しかしそこに「書いている作者」も没入し得る。というか、書いている以上はすべての書かれたものになりかわってしまうのがそもそも作者なのです。原稿用紙の上の文字と自分が半ば融解して、つながっている。そして書いた直後に作者は、自分の文字を読むことで、つまり読者となることでその異様な世界から身を引き剥がすのです。

漱石がこういった感覚に鈍感だったことはあり得なかったろうと思います。彼は西欧の小説を研究し尽くし、『文学論』を書き、そのあとでようやく自らの小説を書き始めている。十八世紀に英国のなまぐさ坊主が書いた、小説の始まりとも言われるでたらめな作品を漱石は英国留学の折、専門的に読み解きます。その作品では、書かれた物語の世界に作家自身が平気で出入りします。それどころか、闇が訪れると書いた次の頁に一面真っ黒な印刷が来たりもする。

十八世紀、すでに前衛はあったのです。漱石はそれを十二分に知った上で小説を書き始める。したがって、いかにも現実らしく書くことと、実際にものを書く現場で起こってしまうことの両方を大変よく考えていたはずだと思います。

ほぼ同時代、つまり二十世紀初め、欧羅巴で人知れず同様のことをしていた人物がいます。卡夫卡《かふか》です。名前はご存知でしょう。そう、人が目を醒ますと虫になっている『変身』で有名なあの人です。

彼の『審判』という長編で、この作家は「実際にものを書く現場で起こってしまうこと」の方に重心をかける。漱石が両立させたもう一方の「いかにも現実らしく書くこと」を、この死後になって評価された作家は重視しなかったのです。その明確な証拠をわたしは年上の知人から薄汚れた料理屋の個室で指摘されてよく覚えているのです。

突然逮捕され、裁判を受けることになった主人公は第二部、審理委員会というものに出席しようとします。そして、時間を指定されていないので勝手に「九時」を目指す。誰にもその決定を知らせないまま、主人公が目的地だと思う場所に着いたのは「十時」を少し回った頃となる。すると、裁判官が待っていてこう言うのです。

「一時間と五分遅れた」

それは主人公が心の中でだけ考えた時刻からの計算なのです。けれど、相手もまた遅れたと言う。

主人公と作者と、作者が書く別の存在が全員同じことを知っているのは、考えてみれば当たり前のことです。すべてもとは作者なのだから。けれど、その当たり前を避けるのが「いかにも現実らしく書くこと」で、つまり卡夫卡は「実際にものを書く現場で起こってしまうこと」の方を取ったと言える。

そしておそらく漱石も、です。

現代文学がずいぶんのちに実験することを、彼らはすでに自作に応用している。それは「書く」ことでしか生まれない奇妙な世界を、深く意識化した結果だと思います。

なぜ「いかにも現実らしく書くこと」だけを採用しなければならないのか。書かれつつある小説内ですべての人格に先立つのは作者ではないのか。

では、その真実も書き込んでしまおう。

彼らはそう考えたのだとわたしは思います。

また、作者が何かを書く時に想像していただろうあらゆる存在は、書かれれば文字になり、それぞれ物質の差としてはほとんど区別がつかなくなります。例えば万年筆なら墨の形の違いに過ぎません。文字変換機につないだ画像上なら、電気信号による光の微差に過ぎない。

続いてそれが出版されるとなれば、「電燈」も「人物」も「風」も「過去」も「未来」も、今度は印刷された墨、また電脳書ならば送受信される光の変化になりますが、なんにせよそれらはほとんど同じ重さ、いや同じ軽さの情報であります。

物質としてのみならず、それが脳に映像や「幻音」を生む作用の力としても微かな違いしかありません。もし思い入れのある人物の名前を作者が書き、脳内でそれが閃《せん》光《こう》を放ったのだとしても、結局神経細胞の間の微量な電流に過ぎないのですから。

ほとんど変わらない情報であるからには、書かれ／読まれる対象（「電燈」「人物」「風」「過去」「未来」）は時折区別がつかなくなる。にもかかわらず小説は「いかにも現実らしく」区別したふりで書かれるから不埒《ふらち》なのです。『行人』の場面では、「直」と「二郎」がひとつです。ほとんど変わらない存在になってしまう。心の中の言葉が聞こえてしまうし、それを不思議とも思わないのだから。さらに奇怪なのは、その合一が物語としても危険な艶っぽさをあらわしていることです。彼ら二人はその瞬間以降、ひとつに結びついてしまうかに見える。言葉がなくても通じあったのですから。

さらに、そんな融合が文の上で起きた途端、「暴風雨」が彼らを襲う。世界が乱れ、不安定になる。彼らは宿というひとつの空間に閉じ込められ、一夜を過ごさねばならなくなる。この劇的な変化までを含めて、作者はこの場面を企んでいるのだとわたしは考えます。

書かれ／読まれる内容それぞれの存在の差が奪われ、突如溶けて渦巻くひとつの場になってしまう。それこそが小説の、形式の変化としての山場であります。

小説という夢魔めいた存在にとっての、それまでの理性的な分類をやにわに捨て去るような突発的暴力の、原始的な魔術にも似た渾沌《こんとん》への執着の山場がここにはっきりとあります。

いや、まだ言い足りていない。
小説という「場」の不可解さを、わたしは。
違うのです。
もっといかがわしい。
もっと小狡《こずる》い。
もっと割り切れず、あと暗い。
そのことをいきなりすべて書き上げる体力のない今を恨めしく思います。
どうか次号まで待っていて下さい。
それまでどうかどうかどうかわたしから万年筆と帳面を取り上げないで下さい。
新しい帳面もできれば。
どうか。

（軽度処置　処罰待機　薬物直接投与）

四

五月号です。

わたしは四月初旬の今、再び筆を手にとっています。

帳面も新調され、続きを書くことができるのは何よりの幸せです。亜細亜連合で新[redacted]に携わる皆さま、まことにありがとうございます。

さて、今号では前回よりさらに奇怪きわまりない例を挙げておきましょう。

中上健次《なかがみけんじ》という、先の大戦後に活躍し、湾岸戦争を経て亡くなった現代文学の旗手の代表作『地の果て 至上の時』にも、誰も読み解いて来なかった異様な箇所があるのです。

ある版の中上全集のためにわたしがかつて二〇一〇年代に書いた解説をなぞるものですが、これも前号の『行人』と同じく現物がないため記憶のみで書くことをお許しいただきたい（ちなみにわたしが書いているこの文章を一定時間お調べ下さり、例えば使うべきでない言葉の指摘などを時にはその場でして下さる監視官氏が前号での訴えをご理解になり、東端列島で流通している小さな版の『行人』をわたしの手元に届けて下さっています。これでさらに小説を強く正確に非難することが可能になり、感謝にたえません)。

かの長編は「秋幸三部作」の最終話とも呼ばれ、竹原秋幸《たけはらあきゆき》という私生児が別腹の弟を石で衝動的に殴り殺してしまったのち、三年間収監されていた監獄から出所してくる場面から始まります。

秋幸は実の父親・浜村龍造《はまむらりゅうぞう》に近づき、父が持っている土建屋の組に参加してゆく。それまで書かれたふたつの小説では避けていた生物学上の父のもとに、なぜか主人公は接近するのです。

それが父を「殺す」ためだろう、と少なくとも実父・浜村龍造は予感している。予感どころか、息子秋幸に父は示唆さえするのです。自分はお前の思うままだと龍造は言う。真の父は秋幸で、自分はその子なのだというようなおかしな支配関係を示す言い方で。

しかしじきに不思議な表記があらわれます。駅の広場で秋幸は、使い捨て容器入り即席麺をすする浮浪者に話しかけ、自分を誰だと思うかと聞く。すると浮浪者は七文字の片仮名で浜村龍造のあだ名を言う。

はいのくそのー。

意味とすれば、「蝿の糞の王」です。

さて数頁のち、年上の親戚が不法占拠している草むらへ移動した秋幸は、そこで親戚と立ち話をしていた浜村龍造自身から呼ばれます。

さっき聞いたあだ名で。

それも他の箇所で使われたことのない片仮名、場面の直前、浮浪者から発された言葉を再現した表記で。

わたしはこの不自然な場面が「登場人物である浜村龍造がこの小説を読んでいるからこそ起きたのだ」と考えています。事実、浜村龍造はこの長編において何度となく秋幸の考えを知ってしまうのです。

自分から殺すべきかどうかわからずにいる秋幸は、焚きつけられるように実父にまとわりつき、しかし肝心のところで突然相手に縊死《いし》されてしまう。主人公に殺されるべき者は自ら命を絶つ。

縊死を目の前にするのは、早朝浜村龍造の事務所に顔を出した秋幸です。のちに秋幸は「俺が来るのを知って待っとったんじゃ」というようなことを目下の者に話します。けれども小説内には、なぜ浜村龍造が秋幸の来訪を予感したかの描写がない。ただ死の前夜、事務所で龍造に会っていた秋幸は、実父が机の引き出しから「二枚、細かく字を書き込んだ紙切れを抜き取って」洋服の上衣の隠し袋に「入れた」のを知っています。直前、紙をめくる音がしたとさえ作者は書いており、浜村龍造が熱心にそれを読む様子を秋幸は耳にしていたことになる。自殺の準備であったのを知らないだけで。

一方読者は、この「細かく字を書き込んだ紙切れ」が、夜半に同じ服のまま首を吊る浜村龍造の遺体から出て来ないことをやがて知らされます。なぜなら縊死した者の洋服の隠し袋から、羅馬《ろーま》法王殿と宛名を書いた封筒と、漫画の切り抜きが出てきたと作者は執拗に何度も描写するから。

あの「二枚」の紙切れだけがなくなっているのです。

それどころか別の紙にすりかわっている。

最初の紙切れは一体どこへ行ったのか。

なぜそれは隠されなければならなかったのか。隠すために他のものを入れ、その内容を強調するかのように繰り返すのはなぜか。

わたしの解釈はこうです。

その「細かく字を書き込んだ紙切れ」こそ、当の登場人物・浜村龍造が読んでいた『地の果て　至上の時』の生原稿なのです。そして同じ頁を無意識であれ読もうとしていたのが息子・秋幸であります。秋幸は龍造の上衣にそれが隠されたのを知っていたからこそ早朝に父の事務所を訪れるのです。

龍造は龍造でまさに書かれつつある長編の一節を読んだからこそ、息子を翌朝おびき寄せるのが可能だと知り、彼を自らの遺体の第一発見者とすることで、自分を殺すことは永遠に不可能だと見せつけることができたのであります。

そして、作家は登場人物に読まれてしまった原稿を、自らが出現させた死体から強引に盗み取っている。この場面の緊張感が飛び抜けて高いのは、そのせいだとわたしは考えます。作家と登場人物二人が互いに出し抜きあっているのだから。

これは一体何事でしょうか。

自分が出てくる小説を、登場人物自身が読んでしまうとは。

前号、夏目漱石も卡夫卡も同じ構造で書いていることをわたしはお伝えしています。『地の果て　至上の時』では無意識にそうなったように思えるものの、しかしこの作品がそれまでの中上の『岬』『枯木灘』といった「いかにも現実らしく書く」写実主義の系列から離れた現代的な小説であることは確かです。

「路地」と呼ばれる空間でほぼすべての事柄が起きるのだけれど、そこには噂があり、常に主人公を陰から見ている共同体の視線があり、「何から何まで筒抜け」だとされている。これは「書かれつつあるもの」の特徴を指しているとも言えるのではないでしょうか。

直と二郎、主人公と裁判官、秋幸と浜村龍造、そして各作者。そこではまさに「何から何まで筒抜け」なのです。

*

こうした非常識な事態が小説の中で実は珍しくないことを、かつてわたしに薄汚い料理屋で『審判』の実例を示してくれた文芸批評家渡部直己《わたなべなおみ》氏は、『[redacted]小説技術史』なる彼の大部な著書で明快にあらわしています。

この考察には当時、わたしの文楽や歌舞伎に関するわずかな知識も役立ったからなおのことよく覚えているのですが、渡部氏は十九世紀に滝沢馬琴《たきざわばきん》という歴史的な戯作者が示した小説七原則のうちの「偸聞《たちきき》」に注目します。

ここでは渡部氏が例示していない『仮名手[redacted]蔵』という、[redacted]討ちにまつわる皆さんもご存知の作品の序盤を例に挙げます。

将軍家の屋敷の中で、高師直《こうのもろなお》という上役が塩冶判官《えんやはんがん》をねちねちいじめ、刃物を抜かせてしまう。その様子を加古川[redacted]蔵《かこがわほんぞう》という人物が廊下の外で聞いている。とうとう斬りかかる判官を、加古川は後ろからはがいじめにして止める。止めたからこそ高師直は生き残ってしまい、塩冶判官は無念のうちに腹を[redacted]り、そののちいわゆる彼の配下の浪士たちが[redacted]討ちを遂げるまでが『仮名手[redacted]』の大筋です。ゆえに全体は加古川の引き起こした話といってもよいのです。

実際、なぜ塩冶判官がいじめられるかといえば、ひとつには彼の妻に高師直が横恋慕するからで、それを止めたのがまさに加古川の仕える大名・桃井若狭之助《もものいわかさのすけ》であり、序章においてこの若狭之助こそが師直を斬って捨てようとしています。

ゆえに[redacted]来なら高師直は若狭之助をいじめるはずなのですが、そこに加古川が影響を及ぼしている。自己判断によって彼は高師直に賄賂を渡すからです。それで主君若狭之助へのいじめはなくなり、面当てとして塩冶判官が理不尽な被害にあうことになる。

さてその隠れた主人公である加古川は、将軍家屋敷内で高師直と塩冶判官のやりとりを「偸聞」しています。彼の耳の澄ませ方はこうです。

「小柴の蔭には[redacted]蔵が瞬きもせず守り居る」

小柴はつまり枯れ木でしつらえた生け垣のようなもの。その裏に加古川は隠れてじっと話を聞いている。歌舞伎なら「ふすまの蔭には」とあくまで室内での出来事として描写されます（まあどちらも古色蒼然《こしょくそうぜん》とした東端列島の芸能ですから、もはや上演などされていないでしょう）。

ちなみになぜこの一文を自信を持って正確に引用できるかといえば、わたしが四十代の頃に浄瑠璃という芸能を少し習ったからであり、先ほどから出ている「刃傷《にんじょう》の段」という場面を自分はこの年になっても不思議なものですらすらと口にできるのです（ただし声は出ませんので、まさに「幻音」として頭の中で追うのですが……）。特に一文の後半、「瞬きもせず守り居る」は低く息を詰めるようにしなりればならないことをわたしは自分より若い師匠からしっかり教わったこと、いまだに記憶に鮮やかであります。

瞬きもしない加古川のみが、この場面で物語の行方を予感している。逆に高師直も塩冶判官も互いにどうしていいかわかりかねている。その意味でも加古川は語り手に似た位置にいると言えましょう。

こうした「偸聞」が江戸文芸にとって重要な手法であることは渡部氏の労作にあたっていただくとして（それは正しい批評であり、誤った小説などではありませんから、皆さんはいつか図書館などでお読みになれるでしょう）、それがのちの映画や放送で時代劇と呼ばれたものでも多用されたことはよく知られております。

「話はそこまで聞かせてもらった」

という主役の決まり文句はさかんに模倣され、笑いの種になったものです。

その「偸聞」を渡部氏は確か二〇一〇年、つまり今からずっと前にこう解釈しております（少し年数などが正確でないかもしれません。彼の体力であれば、もしかすると今もわたしと同じように収監の意味が分析できないまま他の棟に残されているかもしれず、当人による訂正には喜んで応じたいと思います）。

仄暗《ほのぐら》い場所でじっとしているのは「読者自身」でもあるのだ、と。さらに言えば、読者はその時、作中人物でもあると渡部氏は喝破します。

わたしの例で言えば、「瞬きもせず守り居る」のは加古川でもあり、それを読んでいる読者でもある。舞台なら聞いているのは、ということにもなるでしょう。

氏はこうたたみかけていたはずです。「読者を執拗に作中人物化し、作中人物を読者の位置に同置してやまないこの場では」、と。わたしは演劇の名ぜりふのようにはっきりと覚えている。この時、加古川の横で息を詰めているのは読者であり、反対に加古川も読者の位置にずれ込んできてしまうのです。

なぜなら、隠れて見ている現場で何が起こるかを、自分は関与しない立場で把握しようと努めるという意味で、加古川も読者も存在の仕方が変わらないからです。

唯一それが分裂するのが、加古川が飛び出していってしまう場面で、読者ののめり込み具合によっては彼について近くへ行く者もあろうし、そのまま「小柴の蔭」に居残る者もあるでしょう。

渡部氏は同じ頁でこんな指摘もしていたと思います。

さかんに「偸聞」の手法を使う馬琴の『南総里見八犬伝』を読むうち、読者は次第に自分が「偸聞」している会話、情景を「別の誰か」も「偸聞」しているかもしれないという強迫意識に襲われるはずだ、と。

気配を感じると言うのです、立ち聞きしている読者が同じく立ち聞きしているはずの読者の気配を。

それは紛争前に全世界で一斉に禁止された電子通信網遊戯の世界にも似ているかもしれません。同時に接続して侵入し、自由に歩き回るようなあの懐かしい遊びの世界に。自分が何かを見ている横に、他の誰かが立っているような感覚。

時代がどれだけ離れていても、読書をする場所が絶対に重なることがないとしても、自分がその世界をのぞき見ているなら、他の誰かもそうしていておかしくないと予感する。

繰り返します。

そこで読者は作中人物になり、作中人物は読者の立場に置かれる。

小説を読む行為においては、みな一線上にいるのです。

*

直が二郎の心を読んで反応する。

浜村龍造が自分の出てくる小説を読む。

加古川が読者と共に息を詰める。

こうしたことが小説では起きます。

なぜ小説だとそうなるのでしょうか。

なぜ随筆ではそうならないとわたしは考えるのでしょうか。

どう書いたら皆さんにご理解いただけるかをわたしは考え続けています。

小説が呪わしい無意識を引きずった存在だということを明らかにするために。

近現代小説がのちに隠し通すからくり、滝沢馬琴が「傓聞」という技術を通して明かした仕掛けについて、わたしはさらに考える。

それらを暴くためにこそ、わたしは書くことを許されているのですから。

＊

ちなみに内地の小説にもこうした小説の、いわば書かれたものの平面に生じる怪しい次元がもちろんあります。それは東端列島だけの特徴ではなく、小説それ自体がはらむ問題ですから。

二〇二〇年代初頭に発表されて世界的に愛された董英明《とんいんみん》『月宮殿暴走《げつきゆうでん》』（この書が出版される一歩手前まで、わたしたちはまだ精神的な壁をあれほど高く作らずにいられたし、言葉の銃弾をあんなにも棘々《とげとげ》しく磨き立てて撃ちあうことなどなかったのです）において、女傑・楊春湛《やんちゆんじやん》が子供時代からの長い思い出を話す場面。

村の中央にある広場のぶらんこに乗り、楊は夏の宵の風に吹かれながら、ぼんやりと空中に浮かぶ未来の自分、そしてその未来に首都で政治的な力を得てから強制的に奴隷にすることになる、親のいない少女黄愛愛《ほわんあいあい》に語りかけます。

まず楊が自分の将来を正確に知っていることが小説の魔術です。読者であるわたしたちは、その予言を読むことで何十頁も先に起こることを、すでに読まずにすみますから、これは作者による省略の技術でもある。

さらに、無邪気に楊を慕う黄愛愛が、やがて現代的な法を超えて奴隷の身分になるだろうことは皮肉な構造で、その事実を直接聞かされるにもかかわらず、黄愛愛は信じるでもなく、信じないのでもない。彼女は楊春湛に抵抗する気がないのです。その声を耳にしていられるだけで、黄の心は浮き立つと語りは示す。

そもそも少女黄愛愛は、生まれてこなかったかもしれない人物だと女傑・楊春湛はぶらんこの上で説明しています。足に傷をもってこの世にあらわれた黄愛愛は、その選択を自分自身がしたのだと考えている。そしてすべては楊春湛に出会うためだったと確信しています。その一途《いちず》な憧れは、生まれてこなかったら味わえなかったとも黄愛愛は告白する。

また、この場面では楊と黄愛愛の語りを村の全員が耳もとで聞いている、と書かれています。説明抜きで楊の「声」は村人に届くのです。おかしな話です。

この時、村の老人たち、農業にいそしむ中高年、町との交易に変革をもたらそうとしている青年たち、そして朝から晩まで眠っている子供らは夢の中で、『仮名手[redacted]』でいうところの加古川の立場となっています。立ち聞きしている。

ということは、わたしたち読者もそうです。

さて、ぶらんこを揺らして未来を精細に予言する楊の「声」を聞きながら、一段とおかしなことが起きます。「声」が分裂していくのです。聞く者によって物語が変わってしまう。

楊の子供時代、麦が一面を覆う平野の真ん中に線路が敷かれたという過去が「そう聞いてしまう者がいた」という文につながっていたと記憶します。

一方「麦は長く降らなかった雨のせいで点々と枯れたと聞く者」があらわれるし、「黄金色は季節を越えて続き、いくらでも麦が蔵に満ちたと聞く老婆」もいる。「狼が走る山の頂に巨大な電脳設備が何棟も建ち、そこから無線によって麦の穂の先へと記憶がじぐざぐに届き、それは地中に潜って何度となく演算されたと聞く者」もあったと思います。

つまりあらゆる過去と未来は、立ち聞きする者の脳にのみ出現したことになる。そうでなければ村の歴史の、たったひとつしかないはずの現実は雲散霧消してしまう。語り手である女傑・楊春湛、屈強な体を持ち、素手で戦って誰にも負けたことのない一人の女の「声」は、歴史以前にあった可能性のすべてをこの世に同時に生み出す力を持っていたのかもしれません。

すべてを聞き終えた黄愛愛がこう言うのが印象的です。

「わたしには楊さん、あなたが書物に見える」

するとぶらんこに乗った女傑・楊春湛は風に吹かれ、ぱらぱらとさまざまな頁をわたしたちに見せる。

「けれど、未来はあなたが聞かせてくれたものと違っているかもしれない。わたしがあなたの奴隷でない未来もきっとあると、わたしは思います。過去も同じこと。けれどどんな時にも、わたしはあなたを携えていたい」

黄愛愛が少女らしからぬ気迫でそう言うと、書物はそのままほどけて紙となり、薄闇の広場の空へ舞い飛んでいってしまいます。

なんでありましょうか、この奇怪な世界は。

少なくとも随筆にこんな面妖な場面は書けないし、書くべきでもありません。


（『月宮殿暴走』調査のこと　軽度処置　処罰待機）

五

例の見事な対照表によれば、もう立夏の次候です。部屋に暦を持たないわたしは、この小冊子『やすらか』一月号にしがみつくようにして季節を数えているのです。

蚯蚓出。みみずいずる。

みみずが地上に出てくると書くそうです。

これには東端列島にも内地にも違いがありません。五夜ほど前の初候では、蛙が鳴き始めるとされていて、そこもまったく同じ。

ともかく生きものたちが姿をあらわしてくる季節、ということになります。

確かにこの部屋の窓から射し込む陽光にも力がこもってきたのを感じます。白く汚れた樹脂硝子へと温かい風がぶつかっているのでしょうか。

いただいた毛布をすべて体に巻きつけて眠るわたしは夜最低四回は小用のために目覚め、午前午後と断続的に部屋の四隅を順繰りにゆっくり歩き、まだまだ冷たい床をかかとを踏んだままの革靴の底でこすり、机の前に戻ってきては支給していただいた帳面に走り書きをしています。

何を見ても何かを思い出す。

これは『老人と海』という小説を書いた退廃的な国の文学者の、自殺へ向かってゆく頃の言葉ですが、まことにうまく老いを表現しております。この十二年を過ごしたひと部屋の、家具も生活用具もほとんどない立方体の白い壁の中に生きていても、やはりわたしは絶えず何かを思い出す。

記憶はまるでみみずのように這《は》い出て、道の上をのたうちます。わたしはそれが干からびてしまわないように頭の中で丁寧に再現し、そのことで彼らに水をかけているつもりです。もちろんみみずは多すぎて、わたしはそのほとんどを殺してしまっているように感じる。

その罪悪感はこの部屋とは別の立方体を思い出させます。白いことは同じだけれど、それは妻の鏡台の引き出しに入ったまことに小さな陶器の容れ物。

中身を見たことはなかったけれど、そこにはかつて妻がかかっていた医師からもらってきた領収証と、なんらかの医学的処置が彼女に行われたという証明書めいたものが折り畳んで入れられていると、わたしは聞かされたことがあります。

わたしは気づかなかったのです。妻が後生大事にあの立方体で何を守っているかを。あの子は一度はこの世に生まれてきたと、妻がじっと考えていたことを。外界に出てこなかった存在に名前を付けたり、位牌《いはい》を作ったりすることをわたしは許すわけにはいかなかったのです。そんなことをしたら、ただでさえ虚弱な妻が過去にとらわれたまま痩せ細っていくと思ったから。

わたしの耳には、あの立方体から微かに聞こえていた音が今なお聞こえる。かさこそと部屋を這う虫でしょうか、それとも外の壁際に葉でも茂り始めたところへそよ風が吹くのか、ともかく乾いた軽い音が耳に響くのにしたがって、今度は古い友人が酒臭い息でささやきかけているのを感じます。

例の文芸評論の二冊目を書物としてまとめようかと思い始めた頃のことです。逃げろ逃げろと言うのです。

わたしは自分の評論に自信があったのだけれど、年上の友人は評論としての評価などうでもいい、政府側の運動に共感することを示す徽章《きしょう》を背広の襟元の穴に付けたまま、彼の小さな事務所、商店街の広告などを取り扱う代理店の奥の間の棚から白く濁る醸造酒を出して瓶から直接何度も呑《の》み、わたしにもそれを勧めて目をとろんとさせて、逃げろと言い募ったのであります。

わたしはその折の声の調子、そして息の臭いを思い出しています。なぜならそれは子供の頃、高熱を出して数夜苦しみ続けたわたしの枕元で鳴り止まなかったことのある微かな音に似ていたから。

繰り返しますが、わたしはきわめて典型的な文学論を書いていただけです。にもかかわらず、逃げなければならなかったとは何事でありましょうか。そして事実監禁されるとは。わたしは当時の窮屈な言論状況を息苦しさとしてはっきり覚えています。『編物入門』『反時代的編物』など、どうしたって政治と無縁の題名の記事でさえ危険視されてしまう時代、そして危険視の理由を誰も言えない時代、その始まりにあのかさこそと紙のこすれるような、耳殻の奥に吹き入ってくるため息のような、少しくすぐったい音がわたしを訪れたのはなぜでしょう。

年上の友人の忠告から始まり、髪を横分けにしてあぶらで固めた若い編集者も電話の向こうでかさこそ言い出したのですし、その頃はまだ生きていた妻が静かに買い物へ出かける音も、帰ってきて家の鍵を開ける音も、夜に見る電視台からの報道番組もまたそんな雑音混じりに聞こえ出し、実際のところ何度か耳鼻科に行ってみたのを思い出します。

今の今、壁の向こうから似た音がするのは、これは単に自然の何かから来ているとわかる。あの不条理はもはやないのだから。

社会に疑いを持つ者がまたぞろ売国奴などと指弾される時が来ることを、前世紀の第二次大戦後どれだけの人間が現実的に想像したでしょうか。自ら好んで権力におもねる者が、政権批判をする者を寄ってたかって言葉で殴打する。それも「我慢しない者が許せない」という無意識的な嫉妬によって。つまり「我々はこんなに耐えているのにお前らはなぜ批判をするのだ」という、渦巻く奴隷精神が列島を黒々と覆った夜の数々。

それをわたしは何度でも書き残すつもりです。

そして亜細亜での紛争。

いざ始まると、わたしにあの音は来なくなったと記憶しています。

子供の頃、不思議に思っていたそれは。

あの音はわたしに何を呼びかけていたのでしょうか。

真っ白い色をしたあの音。

妻の鏡台のことを思い出しても、やはり耳の奥で動き始める音。

「幻音」でしょうか。

しかしそれはわたしの定義によれば、人がものを読む時に鳴る音なのだから、わたしは妻の記憶を読み、古い友人の記憶を読んでいるというのでしょうか？

思い出を書く前にすでに？

実際は万年筆を紙の上に置いて初めて、わたしは何かを思い出しているのかもしれません。

部屋の隅に背中をつけてぼんやりしている時は、まるで夢のように回想のかけらを点滅させているだけで記憶などたどれておらず、書くことによってのみそれは形になり、いったん文字になればもう取り返しのつかない事実の追憶になるのです。

つまりわたしはわたしの記憶を捏造《ねつぞう》しているのかもしれない。

忌むべき小説のように。

わたしはでき得る限り、夢から醒めた意識によって正確に万年筆を動かし続けるつもりです。書く自由を再び得たわたしが、そして書くことがわたしを眠らせないように。

せっかくこうしてなんの気兼ねもなく物が書き記せるようになったのですから。

＊

さて偶然にも随筆がこんな流れになり、新しい着想が湧きましたので、今号ではまず小説と夢のいかがわしい関係について、書かせて下さい。

わたしは「夢から小説」という分野があることをかねてから主張しているのです。

「瓢簞《ひょうたん》から駒」という読み方でなく、「わたくし小説」と同じような音の並びで読んで下さい。

例を引用します。

「気がかりな夢から醒めると」

四月号でも取り上げました卡夫卡の『変身』という、主人公がいきなり虫になっている小説の冒頭です。

「うとうととして眼が覚めると」

これは漱石『三四郎』の汽車の中での始まり。

同じく夏目漱石の『それから』でも、主人公代助《だいすけ》が夢から醒めて小説が始まります。確か下駄が空からぶら下がっている夢が一瞬あって、こうなる。

「そうして眼が覚めた」

こうした「夢から小説」の継承として、わたし自身二十三年前『鼻に挟み撃ち』という中編をわざとこう始めています（これは自作ですから引用は特に正確、なはず。ただしそうでなかったとしても差し入れて下さらなくてけっこうです。自著と共に暮らすより他者の名作を抱いて眠りたく思いますので）。

「ある早朝のことです、皆さん。

わたしはじわじわと夢からあとじさり、波打ち際にずるずる引きずられるくらげのように時に転がったりもしながら、素早い干潮の具合もあって気づけばついに戻りようのない現実に上陸していたのでした」

この小説は第二次世界大戦のあとに続いた東端列島の戦後が、みるみるうちに戦前になっていく様子を描いた中編ですから、夢とは戦後七十年を経た現実であり、そこから始まる小説自体がつまり悪夢のような、しかしひりひり予感される現実ということになっているのです。

ちなみに先ほどふたつ挙げた「夢から小説」の使い手、夏目漱石は東端列島の方ならご存知の通り、反対に『夢十夜』をも書いている。十話の掌編のうち、四話が「こんな夢を見た」と始まっています。まるで夢を見たり、そこから醒めたりしながら漱石の小説群が成り立っているかのようです。

ではなぜそうなるのでしょうか。文学史上で際立った小説（もちろんわたしの作品を含みます。是非含んで下さい）は、なぜ夢を意識するのか。

実はその答えをわたし自身、三十年ほど考えあぐねていたのです。仮定として今まですっと、「これから始まるのは紛れもない現実である」ということの強調、すべては夢でしたという落ちを禁じるための手法だろうとわたしは『編物入門』にも書いております。

しかし、数夜前に書いた前節の一文(「書くことによってのみそれは形になり」)について考え直すうち、わたしはより確からしい答えにこの独房の中でたどり着いたのです。あらゆる思考は書くまでは分散していて、まるで夢のようにしか存在しないのであります。

筋書きをどんなに正確に頭の中で組み立て得る者も、一度それを書き始めれば思いもかけない文をつい書いてしまう。例えば、複数の空想がほぼ同時に頭脳を占めていれば、書き得るのはどちらかでしかないのですから、その続きを秩序立てて進めるならば、あらかじめ想像していたものとは当然変わってくるはずです。

また、書いていると文そのものが勝手に思惑と違う文を連れてきてしまうのは、物書きならば誰でもよくわかることです。文には自ずから流れがあるために、何かを言い出してしまうとそれを受ける文が「ここに来い」「ここだ、ここだ」と書き手を誘うのです。それでは陳腐になってしまうと思って別の文につなげるか、わざとそこに収めるかは作家次第でありますが、しかしそうした運動に筆をまかせると、筋書き通りになど事は運ばない。

随筆ならば、二つ三つの可能性を順々に書いて遊ぶことができるでしょう。けれど小説では、ことに現実らしくあらねばならない写実主義の小説でそれは無理というもの。

さて、実際に夏目漱石には「複数の存在が同じ場所を占有することはできない」というような有名な言葉があります。

これは今の今まで、人間と社会のことを示唆したと考えられてきたと思います。三角関係において、二人の人間が妻ではあり得ないとか、歴史は一回性を持っていて、どれかひとつしか人類は選びようがないとか。

しかし、それが「書く」という行為の基礎だとしたらどうでしょうか。無数にあり得る文からひとつだけを選び取り、そうでしかいられない不自由さを積極的に受け取ることなのだとしたら。

それは「夢から醒める」ことそのものではないでしょうか。

つまり、生きるということだとしたら。

……いやいや、小説程度のものが人生のあり方を鮮明にするとはお笑い草ですね、皆さん。

考えてみれば、時計を見ることだってそうなのだから。

いやまあ、この部屋には時計はないけれども、正確な時間を誰かがどこかで見るとすればそこに別な時間はないのです。あなたが今潰したかもしれない蚊も、あなたがそう意識するならばその蚊でしかあり得ない。「複数の存在が同じ場所を占有することはできない」のだから。

小説など書かなくても、自分の見ている世界がたった一回しかこうであり得ないと実感できなくて、逆に何が作家なのでありましょうか。

そういう意味で、いまやわたしこそが現在思ったことを素早く吟味し、皆さんに向けて自由奔放にお伝えできる真の書き手であります。「夢から小説」を書いた経験があり、その文学的価値を今理解し、さらに反対意見にまでたどり着いたわたしこそが。

そうでしょう、皆さん？

さあ起きて下さい。

＊

さてさて、これまでさんざん小説と随筆のまわりを巡っておきながら、その決定的な違いを明確には語っていないままです。

ひとつにはそれが非常に難しい説明になりそうだからなのだけれど、この機会に是非とも問題を突破してみたいと思う。だからこその長い時間をわたしはこの部屋で与えられているのですから。

あれやこれやと走り書きをし、それをまとめ、また書き、やがて自分が小説と随筆おのおのが持つ簡易的な原理を発見した気になり、ついにこの小冊子に書き出してみてもよいのではないかと思った次第。

ということで、まずこんな図を描かせて下さい。

これこそがわたしの考える小説の基礎構造です。

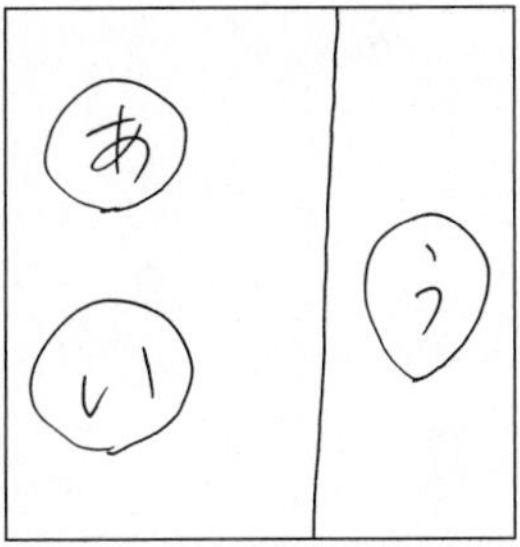

大きな四角があります。
分割された左側に「あ」と「い」と書かれているのは作中人物です。
前に挙げた人物たちをそのまま使ってみましょう。

『行人』の場面で言えば、直と二郎。

『地の果て 至上の時』ならば秋幸と浜村龍造。

そして『仮名手■』なら高師直と塩冶判官。

つまり左側の空間は作中人物が作り出す場面ということです。

さて一方、右の少し狭い四角は「立ち聞き」部屋です。

ここに「う」がいます。

わかりやすいので『仮名手■』から説明させて下さい。「う」はあの加古川さんです。こう書いただけで彼が小柴の蔭に瞬きもせず控えている緊張感が漂うのではないでしょうか。

さらに『地の果て 至上の時』ではここにも浜村龍造がいるというのが、わたしの変則的な読みにしたがった結果です。「う」の浜村は、隣の部屋で自分自身と秋幸が向かい合っている場面を「読んでいる」。つまり隙を見て「立ち聞き」、ないしは「盗み見」しています。

では『行人』ではどうか。

前に場面を説明したように、近くに他人はいないはずです。

実のところ、ここにいる「う」は読者なのです。そう、あなたです。

直にも二郎にも隠れて、「う」は彼らの会話を聞いているし、見ている。読むというのはそういうことです。しかし読者は「立ち聞き」や「盗み見」なんかしていないことになっている。

「いかにも現実らしく書く」小説はこうして、読者が存在しない前提で書かれております。読者なんかいなくてもその場面が客観的に存在しているように、部屋には直と二郎しかいないように装うのです。

実際はあなたがそばで「読んで」いるのに。

さてこの「読者」の「立ち聞き」「盗み見」ぶりを図の中に描き入れてみましょう。

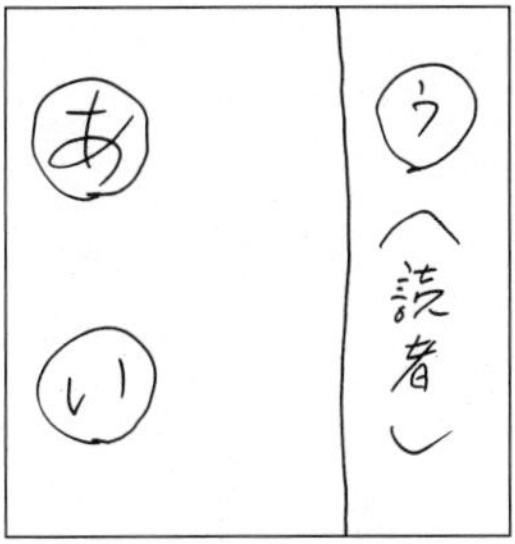

『行人』の右の部屋に「う（読者）」、ということになります。

『地の果て 至上の時』はどうしましょうか。

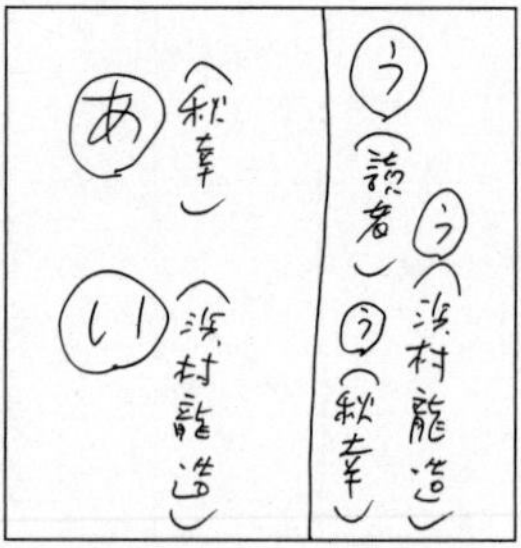

右の部屋に「う（読者）」を描き入れ、背後に隠れて潜む「う（浜村）」を足してみます。なぜなら、この浜村は読者／作者にさえ見つからないようにしているから。その浜村龍造から隠れようとする秋幸という無意識的な読者もいます。

さらに『仮名手[redacted]』はこうなります。

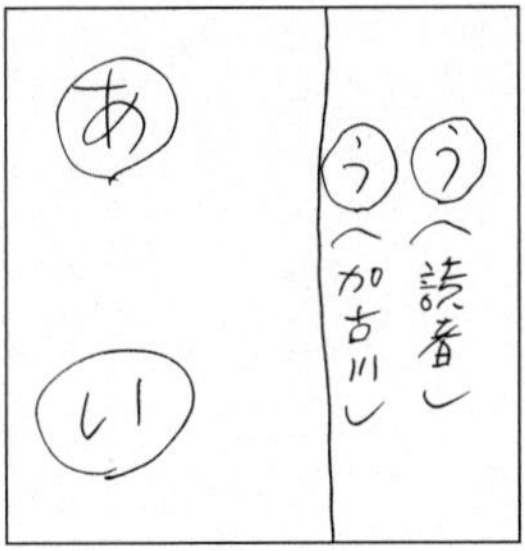

　ここでも「う」は「読者」ですが、加古川の「立ち聞き」をはっきりと知っていますから、背後から見守っていることになる。ちなみにこれは「いかにも現実らしく書く」小説以前の時代の作品であり、読者の代理を場面の中に置いてはらはらさせる手法をはっきりと取っています。

　ともかく、これら三つの図において目立つ位置の差があるとすれば断然「う」なのであります。そしてこの「う」には絶対的な特徴があります。

「う」は必ず「隠れている」。

　重ねて書きます。

「う」は必ず「隠れている」。

近代以前の小説はこうではありません。「皆さん、話はさらに進みます」といった感じで作者は「読者」の興味を誘い続けることが一般です。

その意味で、東端列島で「初めての近代小説」と言われた二葉亭四迷《ふたばていしめい》『浮雲《うきぐも》』に有名な箇所があります。ちなみにこの人の顔の写真がどこかにあれば是非ご覧下さい。それはそれはわたしにやたらとよく似ているのです。親戚なのじゃないかと真剣に思うくらい。

顔のことはともかく、『浮雲』の冒頭、主人公の移動を描写するうち、彼はある二階家へ入っていきます。すると語り手はこんなことを言い出す。

一所《いっしょ》に這入って見よう。

「一所に」とは誰を指すのでありましょうか。まず対象の主人公です。そしてもちろん語り手でしょう。さらにここにもうひとり、「読者」がいてしっかり呼びかけられていることに注目しておいて下さい。隠れているつもりで読み進めていたら、話しかけられてしまったのです。

この一文こそが近代小説の以前と以後に両方足をかけた編み目のひとつと言えまし

ょう（このこと自体は二〇二三年『反時代的編物』でもくわしく取り上げた次第）。ただし、二葉亭自身、断筆に至る第三編の前書きまで読者への呼びかけをやめない。

確かこんな感じの一文だったはず。

「人物も事実も皆つまらぬもののみでしょうが、それは作者も承知の事です」（ちなみに『行人』に続き、これまで取り上げた『地の果て　至上の時』『審判』の文庫をすでに担当監視員さまのご厚意によって差し入れていただいており、この随筆の中で不注意な引用が決してないように留意しております。でき得ればこの『浮雲』も以後の小説批判のために、とこれは調子に乗りすぎでしたらまたわたしへの厳しい処罰でお知らせいただきたく、ひらにお願いする次第です）。

しかしこの第三編、先駆者としての実験の核心に至った部分の中身で、二葉亭はついに読者との対話をやめていたと記憶します。まあ卞夫卡の作品の多くのように、『浮雲』も未完であり、彼がどこまで意図的であったかは決定できないものの、ともかく最終編に至って、読者はその場にいないふりをして作品を読み進むようになれたというわけです。

そこから東端列島の「いかにも現実らしく書く」小説が始まったと言われるのも当然で、つまりここで読者は隠れおおせるようになり、それは作者がそうするからこそ成立する構図なのであります。

そして、では随筆はどうなのか。

あの四角い図の中は一体どうなるのでありましょうか、皆さん。

（軽度処置　中度処罰　投与量加増）

六

と、これが出る頃には前号から一か月も経ってしまうのですね。

前号の原稿を書いている時は要点のごく近くにいたはずなのに、わたしは以降何度も何度も図を描き直し、混乱し続けたことをここに告白いたします。老いた者の知能の衰えであります。いや、もとからの愚かさですね。

冷たい壁の前でまたも足を引きずりながら左右に歩き続け、わけがわからなくなってしゃがみ込んでは頭を抱えて幾度となく呻《うめ》いていたのだとも、例の馬来西亜《まれーしあ》からいらした現場担当官吏氏に扉の上方にある覗《のぞ》き窓から声をかけていただいたくらいです。

そしてこの午後、わたしの部屋を冊子の編集担当である梁《りゃん》氏が再訪下さったこと、いくら感謝しても足りることがありません。再訪というのは今朝も一度、通常のお仕事としてしばし机の向こうに座っていらしたから言うのです。

彼はやはりいきなりつかつかと部屋に入ってこられてわたしの走り書きだらけの帳

面を調べ、こちらの拙い説明が朝と同じで進んでいないことをご理解になると、しばし目を閉じて考えたあと、別に描いてあった図におもむろに訂正をお加えになったのであります（わたしからの深い感謝と高い賛嘆の気持ちをあらわすため、うかがった名前を先ほどから書き入れさせていただいています。もしも明記が不都合ならば、どうぞお伏せ下さい）。

彼こそまことに優秀な、希有《けう》な人材です。これまで文学のことなど一度も考えたことがないとおっしゃる氏が、やがて滑らかに文学の基礎理論を打ち立ててしまったのですから。

梁氏はまずわたしの描いた図を鉛筆の尻で叩《たた》き、くぐもった声でこうおっしゃったのです。

「これが何か確認させて下さい」

単刀直入に東端列島語で質問する梁氏に対して誠実に答えるべく、声を失って久しいわたしは筆談用に切ってある紙に急いでこう書いた次第です。

「随筆のしくみです」

「いや、わたしが聞いているのはこの右側の部屋のことです」

わたしはそれを聞き取り、すぐにまた万年筆で大きな字を書きます。

「読者のいるところです」

「うーん、しかしこれだと……」

そう言いながら、若き梁氏はわたしの顔の前で、白い防護服のその奥の目を光らせたのであります。

「八十九号氏、作者はどこにいますか」

「八十六号、です」

「ああ、八十六号氏」

「一緒にたちぎき」

「やっぱりそうか。じゃ、そのことも前もって描いておかないと、これは普遍的な図になりませんね」

と大きな声で指摘する梁氏はそこで一度鼻でお笑いになった気がします。なにしろ防護服は全身を覆っておりますし、わたしは再び図の方を見下ろしていたので実のところはよくわかりませんが。

ともかく彼はそのあと、わたしが何夜も混乱していた問題をずばりと解いたのですよ。

「八十九号氏、これでは、小説も随筆もよくわからなくなりますよ」

え、ああ、そうでしょうか。とわたしは口をぱくぱくさせたように思います。梁氏にずばりと何事かの核心を衝《つ》かれた気がした途端、わたしの頭脳はまさに空回りを始めて、ぶんぶんと乾いた音だけをさせ始めた気がします。訂正させていただいた囚人番号はまた違っていたけれども。

「あなたはこれまで書いていたでしょう、作者は常に最初の読者です、と。ですから、これまでの図の右側をすべて読者／作者としませんか」

わたしがうなずいたのは当然です。

梁氏はそれから『行人』『地の果て 至上の時』『仮名手[redacted]』について、前回に帳面に描いて入稿したすべての図を出させ、「読者」の場所の下にいちいち「／作者」と描き入れ、そのあとでようやく随筆に話を移します。

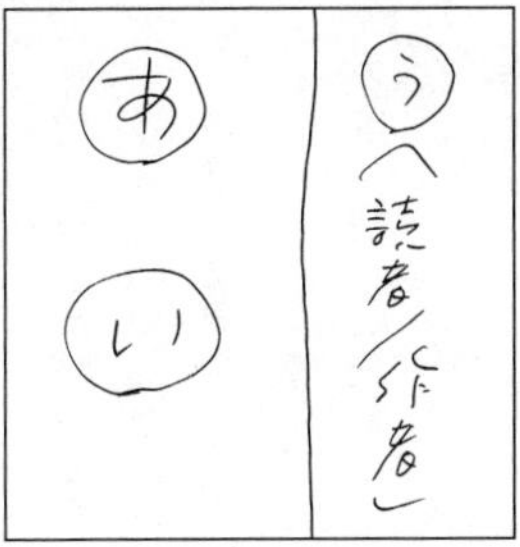

新たな図を描いた紙を指で指した梁氏は、

「では、この『行人』の場面をもし随筆で書いたと仮定して、作者の位置のみに注意して検討します」

とまるで科学実験のように事を進めます。

直と二郎のいるこの場面を随筆で書いたとするなら、

一、作者は「あ」「い」と共に左側の空間、つまり部屋の中にいたか

二、部屋にいた誰かからあとで伝聞で話を聞いたか

三、作者自身が部屋、もしくは隣の部屋ででも「立ち聞き」「盗み見」していたか

それ以外に方法はない。

「よろしいですか?」

梁氏はそこまでをすらすらと言い、わたしはまた同じようにうなずいたと思います。まるで事件現場で証言させられる容疑者のように。

「しかし八十九号氏、随筆の場合、すべての可能性の中で作者は隠れていられません。ね?」

「?」

とわたしは梁氏の目を見たまま記号を書いたのです。言われていることがまるでわからなかったから。すると防護服の奥から視線を注ぎながら、梁氏はわたしの机の向こう側の彼専用の椅子に座ってこう答えます。

「ですから、自分が同じ部屋にいて聞いたのだがとか、隣の部屋の話を立ち聞きしたのだがとか、随筆ではその事情をはっきり書くしかない。そうしないと、登場人物との関係がよくわからなくなるでしょう?」

つまり、随筆の作者は読者から隠れていることができない。梁氏はそのことを解いて下さったのです。

「では、八十九号氏。この時、それを読んでいる読者の方はどうか。作者と違ってこちらは隠れていられるのだろうか。続いてその検証です」

梁氏はわたしに名誉を譲ろうとお考えだったようです。ご自分では答えようとしないのです。

読者は……と一生懸命わたしは考えたのです。隠れて……いる。

「隠」

わたしはそう一文字で書いたはずです。明らかだと思ったから。

「いや……そうでしょうか」

梁氏はすでに立っており、部屋の向こうへ歩いて行きながら、自分の思考の中を散歩なさるかのようです。

「作者が隠れていられないということはですよ、八十九号氏。その作者は誰に向かって書いていることになりますか？」

声があまりにくぐもっていて聞き取りにくかったこともあって、

「？」

と再びわたしは書きましたが、その愚かな一文字を梁氏は振り返って見ることなしに話を進めたのだと思います。

「作者だけがいることはむしろ不可能だ。もしもたった一人で書いた手記がのちに世に出たとしても、それが他人に読まれた途端、随筆と分類されるでしょう」

わたしはああと唇を開けたに違いありません。軍一筋で来られた梁氏の、その論理に舌を巻いたのです。

「いいですか、八十九号氏。これは実際にはあとふたつの例をしっかり検証してから言うべきことですが、どちらも同じことだろうと、わたしは直感します」

顔を伏せてこう言いながら机に近づいてくる梁氏が、高い窓から射し入ってくる太陽の反射で白い服の肩から腰のあたりまでを光らせていたのが印象的です。彼は何かの恩寵を受けている人の自信と幸福感に満ちあふれ、その後の検証も理路整然と終えてしまったのであります。

さすがにそこまで弁舌爽やかだと、ここ数夜の自分の走り書きが丸められて塵箱《ごみばこ》に捨てられたあと、誰かに広げられて読まれていたんじゃないかと、しかもその誰かとはまさしく梁氏ではないかと疑ってしまう卑しいわたしは、あるいは部屋の扉の上部からいつでも机の上あたりを狙っている記録用映像機械が、小さな文字まで読み取っていたのかもしれないと考え始めたくらいです。

しかしながら同時にわたしの脳裏に、実は次第にもうひとつの疑問が、早朝の山中に湧く薄い靄みたいに生まれつつあったのも事実。それは私小説のことであります。

すると梁氏がずばりとおっしゃったのですよ。

「では私小説はどうかということですね、八十九号氏」

まるで『行人』の直のように。

ないしは浜村龍造のように。

すべてを見透かして。

梁氏はさらにわたしを読みます。

「わたしがあなたの心を読んでいるとお思いですか」

素直にうなずくしかありません。

「読者、という意味ではその通りです。わたしはいつだってあなたの書くものを読んでいるじゃないですか」

背筋がさあっと冷たくなったことを打ち明けます。

すると梁氏はこう続けるのです。

「あなたを監視するのがわたしの任務ですから」

わたしは眉を寄せたと思います。それはそうだが私小説のことまでは、と疑問を持ったのです。

すると梁氏は机の上に置いておいた小さな冷却装置につながる管を防護服の腰にあ

る穴に取り付け、音をさせて体中を冷却し、新鮮な酸素を取り込んだあとで、こうゆっくりとしゃべり出します。

「あなたの著書はすべて読んでいるんですよ。拘置所で担当するすべての者を等しく把握するのがわたしの仕事です。ですからあなたの小説の数々も、紛争前の十年間にお書きになった二冊の文学評論も当然読みました。それでわたしはね、あなたが私小説を論理的に把握できていないのを知っているのです」

背筋が今度は熱くなったのを、わたしは覚えています。

「私小説とは、わたしがまとめるならば作者が自分であるかのような作家を登場人物にして書く、きわめて随筆に似た小説です。もしも一人称、もしくはそれに準じた手法で『わたし』を主体に書くならば、構造も随筆と変わりはしない。すると作者も隠れられなければ、読者もまたそうなります。ただし」

と梁氏はようやく息を吸い、ご自分の鉛筆で新たな図の四角い輪郭を描いたあとで、こう言い放つのです。

「あなたが描いたこのふたつの部屋を分ける線。これを随筆、私小説では破線にするべきだ。小説では実線の向こうに隠れていることのできた作者は破線のこちらから見えているし、見ている」

そして梁氏は実際、その破線を引いてみせたのです。
なるほど、その図の鮮やかだったこと。
あなたがわたしの蒙《もう》を啓《ひら》いたのですよ、偉大なる梁氏。

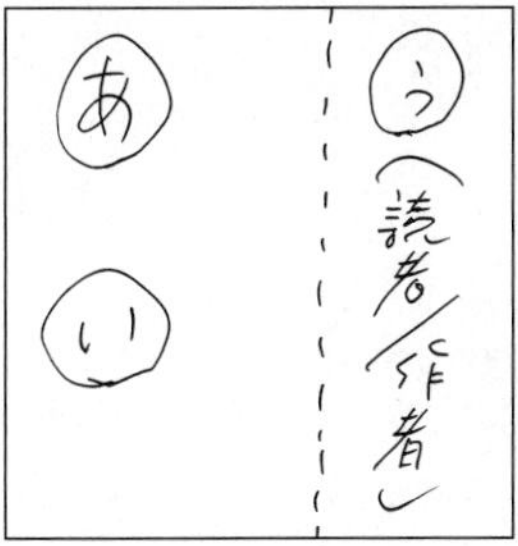

＊

夏至。
その六夜目以降、すなわち次候。
東端列島では「あやめが咲く」のです。
梁氏、あなたの故郷では「蟬が鳴き始める」。

わたしの耳にはこの列島の蟬の声が届いていますよ。どの土から這い上がって来たものでしょうか。

そしてどんな姿をしているのか。

[redacted]地方の汚染は人が立ち入れないほどのものと聞きます。紛争中に重なった地震と豪雨によって、あの原子力事故が連続発生したのち、わたしは旧首都も決して[redacted]全ではないとわかっています。

梁氏だって真っ白の防護服を脱ぐことがないではありませんか。それは部屋の外におられる官吏氏もすべて同じ。ここまでは小冊子『やすらか』をお読みの皆さんもよくご存知の事実ですから、わたしも書いているのです。

あやめのよく咲く池を幾つか持っていた旧首都の、人為的に正しく焼かれた下町で生まれ育ったわたしがです。これは悔恨とか反抗ではありません。新統治されてしかるべきわたしたちだったのですから。わたしがそう主張してこの房に居たことは、新[redacted]局の方々もよくご理解なさっている事実であります。

白い部屋はここのところ急に蒸してきたように感じられます。わたしはその当たり前の変化にひとつの安寧を感じ、すっかり気持ちが緩んで何夜か寝込んでしまったのです。

そして寝台の上で毛布をはねのけてうつらうつらしながら暗い部屋の天井をよくよく見るうち、わたしはそこを文章で細密に描写している自分に気づいたのであります。小説家だった者の抜きがたい習性のようなものでありましょうか。

長四角の板のような混凝土《こんくりーと》に白い塗料を薄く延ばしてあります。塗りであちこちに生じたぶつぶつと細かな塊には、天井中央にはめ込まれたやはり白い樹脂製の覆いからにじみ出た保安灯の光が横から当たり、それぞれに微かな影を作っています。全体に丸く薄明るくなった灯の中で、それはよく見ると放射状になっていて、まるで星辰図のようです。ならば覆いの底に死んだ小蠅が黒く破線のような輪を作っている電灯はわたしの巨大な北極星ということでもありましょうか。

ただ寝台は扉の右、壁に縦に沿った位置にありますから、わたしは残念ながら古代の王の陵墓のように北極星の真下に頭を置いているのではない。実際のわたしは右半身を机の向こうの壁からまんべんなく漏れ出る冷気にさらし、少し首を左に向けて星辰図を見ています。

するとそれが自分のものでなく誰かの所有物で、わたしはそれをのぞき見させてもらっているだけだと感じるのです。ぶつぶつの塊から伸びる影の形は確かに、わたしの寝台からはいびつに広がって見えるからで、その影は部屋の天井の隅にやがて集まって黒々と深い闇の中に淀《よど》んでいる。それがまるで自分が星々を盗み見ているからであるように、わたしの胸は罪悪感のようなものでいっぱいになる。

　すると十二年前、わたしが投獄された年の秋、ちょうど彼女の還暦の年に亡くなった妻の背中が思い出されたのです。紛争直前、東端列島がひとつの大国の思惑に乗せられて南へ南へと経済圏を拡大し、同時に軍事協力のための条約を矢継ぎ早に締結して内地と露西亜《ろしあ》という両大国との対立を深めていた頃、その南下と連動するかのように妻の痩せた背に増えていった手術のぎざぎざした痕を、横光利一《よこみつりいち》が書いた奈破翁《なぽれおん》の話にたとえ、悪い予感が細い煙のように漂い続ける病室でのいつもの冗談にしたのですよ。わたしがまだ獄の外にいた同年、初頭のことです。

　横光の短編では、欧羅巴《よーろっぱ》を征服しようとする奈破翁の腹に「奇怪な田虫」が湧くのです。それを知るのは彼の妻と侍医のみです。わたしの妻の背に張りついた稲妻のような肉の盛り上がりを知るのがわたしと医師のみであったように。

　弓なりになった東端列島と、その刀のような形の先に滴る黒い血のように南へ連なる島々が、まさに妻の肺の後ろから始まる彼女の連戦の痕そのものだとわたしには思えたのです。それは笑えない冗談だったろうと、今はよくわかる。妻は夜中、便所に行って鏡に背を映して見たとわたしに言い、この傷同様もうこれ以上わたしたちの国は広がらなくていいとささやいたこともあるのですから。

その言葉が他の病人に知られれば、どこに連れていかれるかわからない時代です。だから妻はささやいたのです。わたしにはそれが、あのかさこそいう音に聞こえたようにも記憶しています。それとも甘やかだったでしょうか。彼女との思い出が多すぎて、かえってわたしはその声を忘れてしまっています。悔しいことに。

子供の頃から体が弱かったという妻の、三度に及ぶ背中の手術の、東端列島の支配圏の拡大のごとき痛々しい痕（それはわたしが今あおむいて見つめている天井の、ぶつぶつした塊から生じている影をつないで至る闇への道にも似ているように感じられます）とは別に、その地の底、海の底の病脈とでも言うべきものはまるで異なった様相を呈していたのです。それは肺から腰へと下がり、腰椎から尻の上まで降りつつあったのですから。わたしたちがもうそれを切ることを望まないことを医師に申し上げた時の様子は、妻の声の特徴とともによく覚えています。

もう一度、早急に手術をするべきだと主張なさる医師の目をじっと見て、妻はこうささやいたのです。

「そうしない方がいいと思うのですが」

相手に逆らうというのではなく、しかし絶対に服従しないことを伝えるか細い声であります。わたしのこの白い部屋に確かにあらわれる、彼女そのものです。

そしてわたしは一か月後に投獄されてしまい、妻の亡くなる姿を見ていない。


さて、皆さん、これが現実の似姿とお思いですか?

わたしはもちろんそれを目指したのです。

薄闇の中で。

夜になる度に思い出しているのですから。

その光景を初めて書いた結果がこれです。

けれど、書けば書くほど現実は遠のいていく。

どうしようもない感覚です。

わたしはこれを書きようがない。

過去を受け入れて見つめて言葉にしているのに、ひとことひとことが別な世界を生み出してしまう。

それは小説でも随筆でも同じ。

現実など書きようがないし、それでいいのかもしれません。

わたしが何を言っているのか。

それは次回くわしく、皆さまのお部屋へとこの小冊子を通じてご説明にあがります。
（情報漏洩傾向　接触注意　中度処置　強度処罰）

七

これを書いている今は七月であります。

生命が今を満喫し、しかしすでに衰えたあとのことを考え始めているように思うのは、わたしの生命力の枯渇ゆえでしょうか。

池の上で風に揺れる蓮《はす》の大きな花を想像すれば、それがやがて枯れて茶色くなり、真中に枯れ残った穴の中の種がからからと鳴る様が浮かび出てきます。虫がそろそろ鳴き始めるのも秋を経て死ぬ前に、卵を残すため互いのいる場所を教えあっているのだとわかります。

厭世《えんせい》的になっているのではありません。わたしは時間が順序通り過ぎてゆくことの自然さ、わたしという生命が終わっても託すことのある喜びを感じています。

かつて古くから続く芸能を継ぐ家が主催する重要な舞台を観、祝辞の中でこの「時間が順序通り過ぎてゆくことの自然さ」について話したことを思い出します。数十人ほどの聴衆にぽかんとされた記憶が濃厚ですけれど。

祖父から父へ、父から子へ芸が継がれていくことは珍しくないことのようでいて決してそんなことはない。父より前に子がこの世を去ったり、老翁だけが残ってしまうこともある。

だからこそ、順序通りに時と生命が進んでいるのを儀礼的に喜ぶことで天の乱れを正そうとするのが、ことに古い芸能での例えば、「披《ひら》き」というものなのではないかとわたしは会場で急に思い立ったのです。「披き」とは若い跡継ぎがその家で大事にしている演目に初めて挑む舞台のことであります。

わたしが今くっきりと思い出しているのは「三番叟《さんばそう》披き」というもので、これは能の中で最も重要視されている演目『翁《おきな》』のうち、狂言という芸能を修める者だけが舞うとても呪術的な演目の初演です。

翁という老人への、東端列島ならではの不気味な信仰がおおもとにあり、そうした神の出現に関わる舞いを若者が一人前になる時に観客に披露する。まったくもって東端列島はどこか奥地の部族のごとく、非科学をありがたがり続けていたのであります。

わたしが見たのは二〇一七年だったか和泉《いずみ》流の舞台であり、「披いた」のは当時まだ十代であった青年。その姿を祖父と父が後見として舞台上で見守る様子が脳裏に浮かびます。

三代が全員同じ場所にいることにわたしは得も言われぬ安寧を感じ、「時間が順序通り過ぎてゆくことの自然さ」を希有なものと受け止め、なるほど「抜く」とはこういう呪術だったかと実感したのです。

川上から川下へ水が流れる当たり前が、世が乱れればまるで当たり前でなくなる。親より先に子供が消える。枯れるはずのない夏の木の葉が焼かれて落ちる。ゆえにこそ、時間がただただ順序通り過ぎてゆくというごく単純なことが実は[redacted]土安泰の基礎であり、芸能が伝えられていくことそのものの意味なのではないか、という思いにわたしは駆られたのであります。中身など究極どうでもいい。なにしろ『翁』の詞章はいまだに解明されていない。例えば「とうとうたらり」というおかしな言葉の繰り返しなのですから。

この小冊子の題名『やすらか』にも、この「時間が順序通り過ぎてゆくことの自然さ」への祈りがあるとわたしは勝手に感じています。だから、こうして筆を上から下へと滑らかに動かしているつもりなのです。筆先からはひたすらに墨が流れ出て、帳面の紙の上に跡を引き、文字を残します。まるで傷口から血が垂れ続けるように。

前号でわたしが書いた末尾の文章はずいぶん暗く思われてしまったようですが、ただいま申し上げた通り、わたしは次世代が小説になどまどわされぬよう、彼らの生きる新しい世界へ貢献すべくおのれを役立ててまいりたいと願い、そのことに少しの揺らぎもございません。

その上で申し上げるのですが、やはり「書けば書くほど現実は遠のいていく」のであります。わたしは目の前の「これを書きようがない」のです。

例の天井の描写を繰り返します。

「長四角の板のような混凝土に白い塗料を薄く延ばしてあります。塗りであちこちに生じたぶつぶつと細かな塊には、天井中央にはめ込まれたやはり白い樹脂製の覆いからにじみ出た保安灯の光が横から当たり、それぞれに微かな影を作っています」

わたしはこう書いたのですが、果たしてここに現実は忠実に反復されているのでありましょうか。

おおかたの皆さんは、まあ描写の拙さは別としてそういう天井なんだろう、塗料のぶつぶつした塊は自分も見たことがあるし、そこに横から弱い光が当たれば微かな影も出来そうだとおっしゃって下さる気がします。

けれども、わたしが実際に見た光景、あるいは皆さんが脳裏に浮かべた光景と、右の文章はまったく成り立ちが違います。

文は映像ではない。

これは文章に多少とも関わった方ならよくご存知のことであり、釈迦《しやか》に説法を申し訳なく思いますが、それ以外の方にはなかなか意外なことであるはず。

もし映像ならばわたしの視界同様、夜の部屋の天井をいっぺんにとらえるでありましょう。しかし、皆さん、文章はひとつひとつの言葉をひたすら一列に並べることしかできないのです。

もう一度書きます。

文章はひとつひとつの言葉をひたすら一列に並べることしかできない。

したがって例えばこうなるのです。

「長四角の板のような混凝土に白い塗料を薄く延ばしてあります」とある以上、最初に「長四角」と書かれたら、それを読んでいる者は、何がどう長四角かは絶対にわからないのです。そのあと「板」と出てきて、ようやくそれらしい物がぼんやり浮かび、「のような」で留保があり、「混凝土」でやっと全体像の想像がつく。その一連の文の前に天井を描写する話があるので、皆さんは類推としてこの「長四角の板のような混凝土」が頭上にあるはずだと考えるのでしょうが、それは一気に描写された部屋全体を理解することとは違っています。

文を読んだあと、読者の脳内にはひとつの印象が浮かんでいるかもしれません。しかしそれはもともと一列の、実は現実とはまったく位相の異なる単語の羅列によってそうなっているのです。

書き手によって書かれようとしていることは三次元、あるいは時間の変化を含んで四次元的にぼんやりと脳内にあるのかもしれません。しかしそれがいったん分解されて単語は一列に、まるで溶けた硝子《がらす》が管から押し出されて固まるようにひとつの棒になる。棒を受け取る読者はそれを読みほぐして再び何かしらの三次元的、四次元的な印象に変換する。

書くことは、そうした圧倒的な不自然さに支えられています。読むことも同様です。文章を介して何かを伝えるとは、このように異常な不自然さの上で成立しており、にもかかわらずいかにも自然な行為だとほとんど誰もが錯覚させられているのです。

ましてや「いかにも現実らしく書く」写実主義小説の、その詐術たるやどれほど卑しいことでありましょうか。騙《だま》している作家自身もほぼ気づいていないのです、自分が現実とはまったく違うひとつの棒を作り出していることに。

簡素な棒宇宙、とでも申しましょうか。

「塗りであちこちに生じたぶつぶつと細かな塊には、天井中央にはめ込まれたやはり白い樹脂製の覆いからにじみ出た保安灯の光が横から当たり、それぞれに微かな影を作っています」

わたしがしつこく説明したのに、また皆さんは一気にとらえられたひとつの印象をお持ちになっているのではないですか。「塗りで」でぬらぬらしたものを思い浮かべ、「あちこちに」で天井全体をぼんやり考え、「生じた」を未決定のまま取っておき、「ぶつぶつと細かな」をあわてて読んで「塊」まで来ると、あれかな？　と思い、「天井中央」で明確な場所に移動するとともに、それまでの空想がどういう位置に浮かんでいたものか確認し、修正する。すべては一列の、よく考えてみればつながっているとは限らない単語の並びに過ぎないのに。

もちろんわたしだってあなたに一気にそれを伝えたいのです。

けれど超能力のような以心伝心でそうすることは人類には不可能だ。

悲しいことにわたしはこの、きわめて不安定な状態のひとつの棒を万年筆でこねて作り、そちらへ届けるしかありません。

文章は決まった場所から縦一列に、あるいは横一列に書かれ、読まれるしかない。

反対から読んでも意味をなさないし、飛び飛びでも何も伝えない。ましてその一列が再現したい現実は、絶対に一列になど存在していないのです。あなたの目の前が一列の管になっていて、あとは何もないなんてことがありますか？

　したがって、四月号に挙げた夏目漱石の『行人』のあの場面は、文を書く者すべてにとってのあり得ない事態への強い願望でもあるのですよ。

「あれ、まだ有るでしょう綺麗ね」

　と直が言ってくれることは。

＊

　さて、わたしの住む第三集合棟の現場担当官の皆さんのうち、去年の解放時からいらして一週間に二晩を過ごしておられる若い馬来西亜人官吏氏は（あとは現在昼夜三回ずつ、おそらく内地からの女性と、印度から統治に来られたと思われる方、あるいは馬来西亜女性数人、そして戦中も旧政府に抵抗し続けた東端列島人の方々数名で受け持っておられるようです）最近「王子」とあだ名で呼ぶことを拒否なさいません。

　官吏氏自身に伝えたことはありませんが、この名は実は[redacted]由紀夫の全四巻にわたる大長編『豊饒《ほうじょう》の海』中の一巻目「春の雪」から来ているのですよ。

馬来西亜出身の「王子」には申しわけないことに、小説では主人公たる松枝《まつがえ》清顕《きよあき》の、泰《たい》国の友人。王国の血を引く彼ら二王子は続く「奔馬《ほんば》」にも、まさに泰国が舞台の「暁の寺」にも、時を超えるようにして何度も出てきます。

ある年齢まで書いてきたわたしの小説の中でも、なぜかこの王子の姿の描写を複数回引用しているので、差し入れの書物をいただかずとも正確に写すことができます（ただ、もしも差し入れていただけるなら「暁の寺」の方をお願いします。[redacted]由紀夫ならわたしはこの一冊で十分だ）。

二王子の姿はこうであります。

「南国の健康な王子たちの、浅黒い肌、鋭く突き刺すような官能の刃をひらめかすその瞳、それでいて、少年ながらいかにも愛撫に長《た》けたようなその長い繊細な琥珀いろの指」

少々扇情的な言葉ですが、それは[redacted]由紀夫にありがちなこととして、白い防護服の目のあたり、透明樹脂部分からわずかに覗くことのできる担当官吏氏の肌の艶、鋭く動く黒目がちの眼、そして動きから推し量るに長いであろう指などが、わたしには失礼ながらこのいかがわしい小説の中の「南国の健康な王子」を思い出させるのです。

わたしの部屋の鉄扉についた長細い覗き窓をこっそり押すと、部屋は棟の一番奥ですので廊下の端に置いた椅子の上に「王子」はよく座っておられます。

つい数夜前のこと、わずかにあのかさこそという音をわたしは廊下に感じて起き出し、こちらからは音を立てないようにすり足で扉まで行くと、さらに細心の注意を払いながら扉の覗き窓を開けたのであります。

すると何者かが椅子の脇、灰色の廊下に崩れ落ちるような格好になっている。白い防護服の背中が丸く盛り上がって、それが最初は人間にさえ見えません。胸の奥を突かれるような恐怖が先にあって叫ぶこともできずにいると、白いものは廊下の奥の腰くらいの高さに切られた大窓に向けて体を起こし、またうずくまります。

緑の外灯から来ているのであろう微かな光が、その様子を映し出す瞬間もあれば、届かずに黒く闇に消えさせることもあり、わたしは息を止めたまま、覗いてはいけないなにか真剣なものがあると感じると同時に、そのまま放っておくこともできないと思ったのです。

やがて椅子の向こう側の狭い空間、上下する白いものが呼吸を潜めている場所の下に、長方形の敷物があるのがわかってきて、わたしは「王子」が穏健な回教徒であったのを思い出したのです。

「王子」がこの棟の担当になって一年以上。となれば数百回はそうしていたという計算になります。けれどわたしはまるで気がつかず過ごしてきたのですから、彼の祈りの静けさがいかなるものかわかります。放射線防護服を着たまま祈りを捧げる姿の、その敬虔《けいけん》さ。そして我が列島の不条理。

外灯の緑の発光が皺《しわ》だらけの白い防護服に当たる時、逆に「王子」がそれまで敷物の上で両手を前に置いて壁へと体をかがめ、額を薄闇の中にひたすら浸していたことが推測され、わたしはそのはっきりとは姿が見えない時間のことを、今でもなお印象深く感じてやみません。

「王子」はわたしの書く言葉を十二分に理解しておられるけれど、いつも無口な人です。ゆえに彼の内面に何があるのか、わたしは計りかねていたのです。しかし彼の祈りを覗き見てしまったわたしが、以降彼をいっそう尊びながら、いっそうよく話しかけるようになったのは事実。

回教が亜細亜地域において特に紛争以前に敵味方を分けるひとつの指標とされてしまっていたことを、わたしはつらく思い出します。異教徒が物珍しい東端列島では特にその脅威が存分に利用され、何やらともかくおそろしく理解しがたい存在に扱われたわけです。

逆に内地は回教穏健派にいち早く融和を呼びかけ、馬来西亜、印度尼西亜《いんどねしあ》との連帯関係を強めたことは皆さんご存知の通り。そして反対に回教へのかたくなな嫌悪によって、[redacted]国は間接的支配の範囲を狭めることとなったわけです。

戦乱後の内地の大規模な難民引き受けによって統一かなった南北朝鮮が、[redacted]国の介入によって再び民族分離かと思われた危機に乗じ、東端列島の軍が出動したのは当然[redacted]国との共同作戦だ。さらに露西亜が国内紛争で軍を外に出せずにいる隙を突いて起きたのが北方領土紛争から、とうとう新[redacted]戦争。いかに獄につながれていても、それなりの情報が驚くほど自然に耳に入るものです。

そしてわたしの国は以降、南方からの意外な複数国家連合艦隊の出現、続いてあの事故の連続によって自滅し、天皇家の縮小と欧羅巴小国への亡命さえ招いたのだけれども（思えば二〇一三年、旧政府の国会議員や政府関係者が「主権回復式典」で天皇に向かって万歳三唱をした時、わたしは彼らが天皇家を滅ぼす気なのだと思ったものです。戦争がしたければ当然敗戦の可能性を考えておかねばならず、であるならば天皇が裁かれるような要因は最小限にとどめておくべきだったからです）、こうした紛争、戦争の一連の動きを我が内地はしばらく静観するふりをしながら強大な圧力を各国にかけ続け、印度との駆け引きの中で、ついに[redacted]軍の亜細亜からの撤退を促す互恵的交渉に成功したのですから、二十一世紀の新亜細亜を作ったのは結局、回教と原子力と小説だったことになるでしょうか。もちろん内地の圧倒的な力は当然のこととして。

だからといって、小説を非難するわたしが回教を同じように悪しざまに言うことなどあり得ません。かねてからわたしは回教の文化芸術、ことに音楽を愛していたのですから。

例えば、巴基斯坦《ぱきすたん》の回教神秘主義歌謡。二十世紀末その世界にたった一人、まさに名人としか言いようのない歌い手がいたのです。すでに亡くなってしまったその方は、六百年続いた歌い手の家の子孫。歌声の甘美さや熱量によって異教徒を改宗させるという伝統を背負った巨体が、しかしやがて宗派を超えて敬われ、世界中に愛好者のいる存在になったことを、名残惜しさと共に思い出します。この世を去ったのは彼が五十歳になる前だったのではないでしょうか。

ある音楽雑誌の取材で、東端列島を訪れた彼と彼の楽団に密着した記憶は鮮明です。特に「王子」の国からおいでになった皆さんはよくご存知のように、彼らの音楽はおおまかに旋律と主題が決まっているものの、演奏が始まると次第に即興の歌い合いに移ります。床にあぐらをかいた十数人の楽団員は目の前の蛇腹楽器、手拍子、歌の担当に分かれて長い一曲を進め、神への愛やその魅力を聴衆に訴え、やがて即興的に変化させた旋律の上で意味のない言葉の動きを交換していく。

　尊師と呼ばれる長が挑むようにある一節を即興で歌うと、他の者が争うようにそれを反復し、あるいは変奏し、互いにまるで鳥のように鳴き交わしていく様子は、言語というものが節とともに生まれ、変容していった数千年の歴史をそのまま映しているようで、それはそれは奥深い「声」の交換です。

　わたしは彼らの公演を実際に聴き、言葉の中身もわからないのに自分が回教徒になってしまいそうになる衝動を繰り返し覚えたくらいです。節を変えて何度も熱狂的に呼ばれる彼らの神の名を聞いて。

　ある夜、二時間以上続いた公演を終えて、彼らが大型自動車で宿に帰るのに付き添っていると、歌担当の数人が車の中でもなお鼻歌を交わし合っているのにわたしは気づいたのです。その静かな響きを耳にしながら、わたしは名人に、つまりあの尊師と呼ばれる長にこう聞いたのを思い出します。

「公演をなさっていない時のご趣味を持っていらっしゃいますか、尊師？」

　すると彼はじっと前を見つめたまま、即答したのです。

「歌っていること」

わたしは黙り込み、彼自身の鼻歌に耳を傾け、ひとつのことに身命を賭している人の迷いのなさ、さらには選択肢のなさにまるで大きな岩で頭を押さえつけられるような思いを感じ、自分の質問の愚かさに恥じ入るしかなかったものです。

その折の話を、わたしは「王子」にしたのです（梁氏の寛容さのおかげもあって夜に何回か開けられるようになっていた覗き窓の蓋《ふた》を押して）。しかし彼はあまり多くを語らず、自分たちの国では神秘主義歌謡はさほど受け入れられていないこと、けれど統治のためにやってきた異国の地でそんな音楽の話をするとは思っていなかったことなどを小声で防護服の向こうから短くささやくように答えてくれ、ますますわたしは彼の誠実さを敬愛するようになったものです。

このような随筆部分をもしおべっかのように取る方がいらっしゃるとしたら、念のためそれは考え過ぎだと申し述べさせていただきます。そもそも、わたしはそんなことをしても意味のない人間なのです。なにしろここを出る気がないのだから。

わたしはただひたすら、この部屋の中で声もなく「歌う」のみです。

こうして万年筆に墨を入れ替えて、筆先を滑らせて。わずかでもこの徹底的に「声」のない文の世界に、節を感じさせようとして。

そう、わたしたちは書かずにいられない。

わたしたち?

（接触注意継続　『月宮殿暴走』記録不見　中度処置　強度処罰）

八

東端列島の夏が残酷なほど暑くなったのは、わたしが四十代の頃からだったように思います。

都市部に限らず高層建物が乱立し、風の行方をふさぎ、郊外では森が伐り倒されて太陽の熱を吸収するすべがなくなり、どこもかしこも道は瀝青《あすふあると》で覆われて熱くなり、それが空に影響を与えてか局所的豪雨を招き、降る水をますます弾いて道の下は乾ききり、と科学者でもないのに多くの変化を次々に書けるのは、どこかでその成長期を懐かしんでいるからかもしれません。

高層建物は夏の空の下、まだあるでしょうか。そこに住み、働く者はわたしがこの房の外にいた時からすでに少なくなっていたし、今となっては廃墟のような場所も多いだろうと思います。森の木は紙となるために無残に伐られたのだから、雨水は土砂と一緒に町を襲っていることでしょう。道のあちこちは爆撃でめくれ返ったとずいぶん前にまだこの集合棟の内庭に出る習慣のあった折に他の収監者から聞き及びましたが、めくれた底に草が生えようが土が盛り上がろうが、点々と寸断されているのでは自然の復元力は大きな効果もなく、少なくともわたしのいるこの部屋に届く厳しい冷気から察するに、あるいは唐突に窓を打つことのある突発的な豪雨から考えるに、東端列島の夏はなお紛争前のごときものではないか、と推しはかっております。

さて、冷房のおかげで夏なお寒いこの部屋から、わたしは言葉そのものへの批判へと手を緩めることなく突き進んでいることは、前号でもよくおわかりのことかと存じます。

その勢いをなんとか利用して、わたしはけだるく冷える白い肉、節々が固まって動きにくく鈍く痛みさえする体を、右足を引きずっての室内歩行訓練によって燃えたたせ、朝早くから机に向かっております。

そして今、これまで長く書き連ねてきた文章がいかに忠実に亜細亜連合のさる重要な部局の皆さんからの要請に従ったものであるかを、明確に示させていただこうと思います。それは例の「ひとつの棒」の話同様、文というもの自体がどれほど周到に虚偽を真実らしく見せるかの根底的な問題であります。

この小冊子『やすらか』の配布を楽しみにされ、中でもわたしの『小説禁止令に賛同する』に目を通して下さっている方なら、もうすっかり気づいていらっしゃるかと思います。わたしは文末の語尾に過去形を一切使わずにいるのです。

それがなかなか面倒な作業であることは、時に不自然でもありましたでしょう文章の流れですでにご理解いただいていたでしょう。文章は、ことに官吏の皆さんや会社の契約書を交わす方々のものでなく、手記を書くとか電子書簡を送るなどといった個人的使用の場合、東端列島であれば語尾に「でした」「ではなかった」「だった」といった過去形を多用して成り立ちます。

この形式を「発明」したのが、かねて連載にもちょっと顔を出していただいた二葉亭四迷であり、彼は十九世紀末、露西亜の小説の翻訳『あいびき』においてこんな書き出しをしているのです。

「秋九月中旬というころ（中略します）自分がさる樺《かば》の林の中に座していたことがあった」

皆さん、この「あった」ごときがひとつの革命だったのですよ。紛争十年ほど前から閉部の相次いだ各大学の文学部で、かろうじて文学史などを学ばれた方には言わずもがなの常識でありましょう。けれど、ここで他の方々のためにも丁寧に確認させていただきます。

それまでの東端列島であるなら「座すことあり」と書いたかもしれません。または「座しており」であり、「座しておりぬ」「座しぬ」であるかもしれない。いずれにせよ、これらは自分に使用する語尾か、自分より身分の低い者を描写する語尾で、反対に身分の高い主体には「座しておられぬ」「座されぬ」と敬語が使われることになったでしょう。これらは内地の言葉でもご理解いただけるでしょうか?

例えば、こうです。

「秋九月中旬というころ、何々の中将、さる樺の林の中に座しておられぬ」

ああこれを書いているのは中将より下の位の者なのだなあと誰でもわかるようになっているわけで、東端列島の言葉はこうして常に作者との関係を示していたのです。わたしがかつて(六月号)、読者/作者が隠れるのが「いかにも現実らしく書く」小説だと書いたことを思い出していただけば、何を言いたいかおわかりのはずです。隠れるためには、語り手の身分を示さない語尾を作らなければならない。そのことに二葉亭四迷は気づいたのです。なぜなら翻訳するべき露西亜詩にそんな「関係」は書き込まれていないから。そして「関係」を抜きにすることで、真に迫る文になっていたから。

ですから「座していたことがあった」という、その後は当たり前になる「あった」

という語尾、もっと言えば「座していた」という文の「いた」もあまりに新しく、当時の人々はずいぶん面食らったのではないかと思います。どこに作者がいるか読者はまるでわからず、座標軸を見失ったような感覚だったのではないか。

そして同時に、そうした文章を書き／読むことは身分制から自由になることだったのだと思います。不安定で新しい座標の中に、人々は船出をしたのです。

と、ここまではいかにも悪いことなどどこにもない「語尾革命」でありますが、「座していたことがあった」にはもうひとつの側面を見なければならず、そのためにこれまできしみを感じながらもあくまで現在形で文を締め続けていたのですよ、皆さん。

過去形の欺瞞《ぎまん》、とでもいうものです。わたしはそこにも小説の悪そのものの大きな巣があると考えます。

拙いながらご説明いたします。

ここでは例文を簡略化して「座していた」としますが、まず関係が隠れ、作者も読者も隠れていることはご説明申し上げた通り。そして同時に、いかにも透明で他に価値づけなどないかに見えるこの過去形には、必ず「確定」の意味合いが働いております。

「座している」、と現在形に直してみます。

「さる樺の林の中に座している」

今の状態を指しています。「自分がさる樺の林の中に座している」と主語を付け加えて考えましょう。語っているのは「自分」ですから、これは感想に過ぎない可能性がある。まだ事実かどうかの確定ができません。そういう感覚を示しているだけかもしれない。

では、こちらはどうでしょうか。

「自分はさる樺の林の中に座していた」

圧倒的に確定しております。むろん夢なのかもしれません。けれども夢の中であったとしてさえ、「彼が座している」ことに読者が疑いを持てない割合が高くなっている。

二葉亭以前の「座しておりぬ」だって、確定ではあります。

けれどもそこから身分を抜いた「座していた」は、作者を隠すがゆえに、あたかも書かれたことが客観的事実であるかのように感じさせる効果を持つ。

「彼女が云った」

「自分が答えた」

確定の過去形が持つ重みを何度でも味わって下さい。それは取り返しのつかない「事実」を示すことができるのです。

これこそが技術です。

語り書く技術。

わたしに言わせれば、それはもちろん詐術であります。

確定の過去形は事実より強い効験《こうげん》を持つ。読者を虚構による現実世界へ引き入れてしまう。

あり得た、ということになってしまう。

誰がそうしたか、作者というものを隠しながら。

皆さん、こんな不気味な催眠的な暗示のような、いや主観の問題など超えてしまう錬金術のような、それでいて実に卑小で簡単な技からできている発明を、なぜ嫌悪し、恐れないのでしょうか。

なぜ鳥肌を立て、指弾し、わたしたちの社会から追い払わないのか。

その技術は同じ仕組みで民族という浪漫的虚構を作り、敵という概念を固く構築し、裏切りや攻撃という嘘を真実らしく言い立て、誰も引き返せない事態を導くのですよ。

随筆さえこの過去形の効力の上にあり、おかげで文中に真実らしさをかもし出してしまう。

それはですから、言葉それ自身の瞞着《まんちやく》、ひとつの棒でしかないのに四次元を映し出せると人類に思わせてしまうあの脳の決定的欠陥のようなもの、空想する能力の中にひと筋絶対に治らない傷を負わせたような事態を生じさせ続けます。

なんという罪悪を生み出したのでしょうか。東端列島では二葉亭四迷が、あたかもその原罪を背負うように『浮雲』を未完のままにして筆を折ってしまう。書けないことがいかに苦しいかは、創作に十数年の空隙があるわたしにこそよくわかります。書くことを行儀よく忘れることなど、一度書いた人間にはできないのです。まるで満場の客を笑わせたことのある芸人が二度とその快感から離れられぬように。

皆さん、だからわたしはこの確定の過去形を語尾から律義に追放し続けながら今もこうして書いているのです。

さる林の中の、白い部屋のうちに座しているままで。

＊

座していて、目がすっかり疲れてきているわたしです。

思えば紛争前に獄につながれて以降、右目の軽い緑内障を治療することもなくなりましたから、おそらくそれはじわじわと進行しているに違いありません。

かつての検査では、右目上方の視野が欠損し始めているとのことでしたが、医師もこの程度の進行ならさほど気にするべきでもないと診断し、三か月に一度ずつ病院に通って検査を繰り返し、まつ毛が伸びてしまう副作用に耐えながら点眼薬を使っていたものです。

ありがたいことに、現在も特に生活に支障はなく、右上を見上げてもそこが特に暗がりになっている気はしません。まあ検査でもしなければ視野欠損はなかなか自覚しにくいのではあります。どこかが見えずにいても、たぶんそのことに人間は鈍感なのでしょう。

ただ、今はどんよりと視界全体が白くかすんでいます。部屋を明るませているものはわたしの右にある窓から射す陽光か、背後上方にある電灯のみですから、ことに夕方近くなるとわたしは自分の腕や背中で影を作ってしまうのを避け、左に体をずらして帳面に文字を書きつけているのです。

暗いところで書物を読むな、と父親にしつこく注意された子供時代を思い出します。もう六十年以上昔のことですから、今のわたしはあの頃の父よりもずっと年上だということになる。

母はなぜか小説などを読みふけるわたしを叱らなかった、と急に気づきます。ただ黙って部屋の電灯をつけてくれるのです。彼女の薄暗い影がわたしのいる狭い部屋にあらわれ、ぱちんと音がすると柔らかい光があふれる。こうして思い出すと、まるで母が明るさを生み出して置き去ったような印象です（もしかするとわたしが幼い頃、熱にうなされているときに聞いた幻音は、単に添い寝する母がささやきかけ続ける声だったのかもしれません）。

七〇年代の東端列島。第二次世界大戦に敗北してから、わずか三十年ほど。けれどすでに高度成長期は訪れ、関[redacted]の下町に暮らす貧しいわたしたちにも、ちっとも具体的ではないながら未来がまぶしい光を放っていたと思います。薄暗い部屋に寝転がって書物ばかり読みふけっていたわたしにも。

そうです、わたしは若い折から眼鏡少年です。中学一年生でもう教室の黒板の文字がよく見えなかったのを覚えています。

なぜ記憶が明確かといえば、家に帰ってそのことを話した途端、父親がすぐに目医者に行くようにと珍しく血相を変えたからです。

わたしは土曜を待って下校後すぐに眼科へ行き、近眼だと診断されてそのまま自分の意志抜きで黒縁の眼鏡をかけることになる。それから今に至るまで、わたしは眠る時以外を裸眼で暮らしたことがありません。

そして中年になった頃、わたしは母を亡くし、通夜のあとで父から聞くことになります。わたしがまだ幼児の頃、一度右目の視力がいちじるしく落ちたと疑われたことがあり、検査も難しいために経過観察をしているうち、どうやら心配が消えたのだと。母はその時、小さな一軒家の二階でわたしの肩をぽんぽんと叩いて寝かしつけながら父に言ったそうです。右目くらい見えなくても、この国で困ることはない。きっといい仕事が見つかるし、目だって必ずお医者様が治して下さる。

父には後天的に全盲になった叔父がいたのだそうです。そこまでは棺桶《かんおけ》に入った母の前でふと聞いた話です。それ以上父は何も話さなかったけれど、彼は自分の血が息子の視力を奪うのではないかとかつて怖れたのに違いありません。母はもちろんそれをわかった上で父を安心させ、わたしの読書への興味をそのまま伸ばそうとしたのでしょう。

実は彼女はわたしを見張っていたのかもしれない、と今気づきます。何かのついでにわたしのいる部屋に来て電灯をつけたのではない。つい叱ってしまう父のせいで書物を手に取らなくなるよりも、自分が常に蛍光灯をつけてやればいいことだと、母はひとりで決めていたのではないか。

目は無事でした、と母に伝えたいものです。声はなくなってしまったけれど、わたしはまだ読めるし、書けます、と。それこそわたしが作家になったことを一番喜んだ母に向かって。

わたしは指で両まぶたをもみ、帳面に向かったまま不思議な気持ちになっています。この独房はひょっとすると、すっかり肉のたるんで大きくなった現在のわたしと幼かったわたしとの比率において、あの貧しい家の二階の間取りと同じなのではないかと感じるのです。

ほぼ正方形で、わずかだけ横に長い部屋で、やはり北向き。混凝土ではなかったけれど、灰色の壁土が塗ってあって、それがぽろぽろとよく落ちたように記憶します。壁土にはきらめく粒が入っていて、ことに夏の汗をかいたわたしの肘の内側に張り付き、垢《あか》と共によれて光った気がします。

記憶はまるで老いて白くかすんだ視界そのままだ。この机に座っていると、わたしは当時の姿勢そのまま、過去に移って行くことができる。

振り向けばその薄靄の漂うような、線香の煙の折れ曲がり広がるような場所に、懐かしいあれやこれやが、あたかも映写幕に光をあてるかのように見えるのではないか。

いや見えます。

＊

梁《りゃん》氏がいつものようにわたしを訪れ、しかし珍しくあの時以来初めて話しかけて下さったのは、わたしの視界がなお白く煙ったままの午後のこと。

「ああ、そうですね」

と梁氏はおっしゃったのです。

もちろんいきなりではありません。わたしはその前に帳面にこう書いて梁氏に見せたのです。

「お持ちなのは『やすらか』五月号？」

梁氏は「ああ、そうですね」と答えてすぐ、防護服の右の脇に挟んであった小冊子を左手で抜き取ります。なぜ五月号だとわかったかと言えば、収監者が描くことになっている表紙が奇抜な男性の顔の素描で、それ一度きり彼の絵は採用されていないからであり、わたしはそれが卡夫卡《かふか》の肖像写真によく似ていると思っていたからです。ひょっとすると、絵を応募した収監者の中にわたしのこの随筆の読者がいて、四月号の漱石と卡夫卡の話を読んだ途端、こちらに向けて伝えることでもあったのではないか、と。

それはともかく、続けて梁氏は矢継ぎ早に質問なさいます。

「九十六号氏」

八十六号、です。

「ああ、八十六号氏。この号で董英明《とんいんみん》という作家の小説について書かれておりますね」

わたしはくぐもった声を一生懸命に聞き取り、縦に首を振ります。

「『月宮殿暴走』という題名でよろしいですか？」

そうです、ともう一度首で。

「これはすでに四月の入稿の段階で疑問が編集部、さらにもう少し上の方から出ていたんですがね」

もう少し上、という言葉が重く鋭く感じられたことを書いておきます。わたしのような人間がそのような方の手を煩わせたり、感情を逆なで申し上げることなど決してあってはならないと常に強く肝に銘じているからであります。

「我々の調べではそんな小説はこの世にないのですよ」

わたしは自分が別世界にがたんと音を立てて移ってしまったように感じ、脳裏に浮かぶのは最近の視界などよりよほど白さの濃い靄で、正直言われていることがわからないのです。

「内地の作家には、あるいは独立台湾国、海外在住ならびに東端列島内の作家にも、このような名の人間は存在しない」

梁氏は息継ぎをする間もなく一気に、しかし感情ひとつ動かす様子のない調子でそうおっしゃいます。

「『月宮殿暴走』という題名の作品に関しても同様です。八十六号氏、我々はあなたの記憶違いを計算に入れて、二文字以上異なる場合についても調べましたよ。一般の出版物であればほぼわかる。自費出版でさえもほとんど。しかしどこにもない。その上、あなたはこの随筆において」

と小冊子を机の上に叩きつけるように置いて、梁氏は窓の方を向きながらやはりあり得ないことながらそれなりに長い言葉をひと息で放ちます。

「二〇二〇年代に発表されて世界的に愛された董英明『月宮殿暴走』と、書いている。それほど流布したものが検索で表示されないはずがない。あなたは嘘をつきませんでしたか？　それとも」

わたしは顔をあげて、梁氏の背中を見たはずです。そちらから声が部屋全体に響いたのをよく覚えていますから。

「誰か別の作家の小説に出てくる話でもしましたか？」

それでわたしは一瞬わからなくなってしまったのです。

それが実際に読んだ小説なのか、小説の中で読んだ小説なのか。

誰かに確かめられた途端、それが現実の過去か、夢の話か突然わからなくなるのとまったく同一の感覚で、わたしは自分の脳内にあった記憶の区別を失ってしまったのだと思います。

しかし、どうか信じて下さい。

わたしに嘘をつくつもりなどあるわけがない。

梁氏の前で顔を赤くしてわたしは右の通りのことを帳面に書いて訴え、最後の最後に大きな文字で次の言葉を書いたのであります。

偉大なる梁さん、わたしには嘘をつく動機がありません。

すると、梁氏はその言葉を頭の中で吟味するような間のあとで、小冊子五月号をつまみあげ、こうおっしゃりながら扉を開けて、消えて行かれたのです。

「しかし、あなたがこの冊子でこれまでずっと小説を書いているつもりならどうでしょうか」

なんという妄想的なお疑い！

そんなはずがありましょうか。

わたしはこの『小説禁止令に賛同する』のあらゆる箇所で小説を徹底的に批判してきたのです。

それどころか、書き言葉そのものにまで批判の刃を向けてきたこと、皆さんこそがよくご存知のはずです。

どうか『月宮殿暴走』をもっとくわしく調べていただきたい。少なくともわたしの脳裏にはその筋書き、はしばしの文章がはっきりと浮かんでくるのです。それはどのような形であれ、存在する小説であります。

亜細亜連合のさる重要なる部局の関係各位にも伏してお願いいたします。このままでは、わたしが皆さんを欺いていることになってしまう。

そこまでしてわたしが小説を書きたいのだ、とでもおっしゃるのでしょうか。

この長い随筆は小説としては破綻の極みを示しておりますよ、皆さん。こんなおかしな小説はありはしません。

小説というのはもっと、なんというか、もっと例えば登場人物がおり、場面を移動し、会話も多彩で、人物の来し方行く末も描かれ、まさか文芸批評など直接的には入らず、できれば図を挿入することも避けられ、度々それが随筆であることを強調することも必要なく描かれるものではないでしょうか。

だとしたら、これは違う。まったく違う。

信じて下さい。

そのためにはわたしも集中力を高め、『月宮殿暴走』という作品がいかなるものであったか、夢の想起では不可能なほど精細に現実から記憶を探り、幾つかの場面をここに再現いたす他ありません。

もちろん小説批判をやめることもなく、です。なぜならもし『月宮殿暴走』の再現ばかりに頁を費やせば、あたかもそのことでわたしが小説掲載を目論《もくろ》んだかのようになってしまうのですから。

わたしは間違いなく、連合新[redacted]局による小説禁止令に全面的に賛同する代表者の一人なのでありますから。


（妄想　厳重注意　強度処置　強度処罰）

九

九月ももうじき半ばになるでしょう。

鶺鴒鳴。

せきれい鳴く。

残念ながら都会育ちのわたしは鶺鴒の鳴く声を知らない。昔、死者の声を聴く小説でこの鳥を登場させた時も、わたしは電脳空間で見つけた映像によってその薄い氷片が水面を行くような高い鳴き声を体験したものです。

白露《はくろ》、という季節の次候です。内地であるなら、玄鳥帰《げんちょうかえる》。黒い燕が南へと帰るそうです。

わたしがこの連載を始めた頃、東端列島の地中の氷がゆるむのは内地から十夜遅れだと計算したはずですが、こと燕に関しては五つ夜を経た後、白露の末候に玄鳥去と書かれる。つばめさる、と東端列島では読んできたようです。期間のずれよりも、ついこうした言葉の違いに目を留めたくなる。

　鳥が帰るのを見送るのみなら翌年また来るという思いは強いでしょうし、去るのを惜しめば自分はそれで終わりかもしれないと思いはしないか、と。

　ほんのわずかわたしたちには家の軒で巣作りをし、鋭く空を飛ぶ小さな鳥への、季節の巡りと人間の生への、あるいは彼らが移動する地域への異なる感覚があるのかもしれません。

　燕は内地人の方々が言う通り、秋には南へと渡っていきます。「王子」の生まれ育った馬来《まれー》半島、比国、独立台湾国、現在新しい統治権の行方が決まっていないと聞く元は東端列島の一部であった[redacted]などなど、気温の高い場所へと彼らは移って越冬をする。

　また春には北方へ飛ぶのだから、そのまま南方に暮らせばいいのにと彼ら渡り鳥に素朴な問いを持つ者は多いでしょうし、わたしもその一人です。けれど前夜であったか、その前の夜であったか、冷房の効いた空気が扉の下の鉄格子の隙間から流れてくるのを感じながら、寝台に腰をかけたわたしは急に思ったのです。

　越冬という言葉を前提にしているからそう思うだけなのだ、と。馬来、比国、台湾などからすれば、燕は越夏しに出かけているに違いない。彼らは中間の気温に適応すべく進化してきた生物で、たとえ四季のない南国であっても極端な高温になる時期には卵を孵《かえ》せないのだろう、と。

越夏。

こんな言葉があったかどうか。

避暑という文化は世界中にあり、かつての王侯貴族ならばどの地域の人々でも憧れ、壮麗な別荘地など造営したものです。東端列島なら古くは熊野の山、第二次世界大戦前後なら軽井沢という場所でしょうし、清里という高原が人気を博したことも思い出されます。

とすれば、動物に越夏はないのだろうか。それは人間だけが行うことなのか。

動物はなぜ暑さから逃れるために長距離移動しないのだろうか。

わたしは扉の足元にある鉄格子から帳面の切れ端を外に出したのです。

「王子さん、あなたのお国では動物が乾季の暑さを避けて移動するようなことはありませんか?」

すると、近くにいなかったらしい「王子」は廊下をかつかつと移動して下さり、かさかさと音をさせたのち、わたしが立って待つ鉄扉の覗き窓を開け、白い防護服から蛸のように飛び出た口あたりで声をさせます。

「それが何か？」

そこでわたしは数行前まで書いてあった帳面を窓から差し出し、頭を丁寧に下げて、読んでくれるように表情で示したのです。

「王子」の反応があまりに素早かったのは、速読だったからでしょうか、あるいは興味が持てないからなのでしょうか。

「答える義務はない」

いや確かにそうかもしれないけれど、とわたしは心の中で言いかけます。

すると「王子」は続けます。

「収監者はわたしたちと友好的関係を結んでいる。しかしあなたが思っているような友人ではない」

しわしわの特殊な紙製の防護服の、顎のあたりがふかふか動いたのを覚えています。

わたしは衝撃を受けたのです。もちろんただの友人だとは考えていなかったけれど、彼や梁氏とわたしはある種特別な間柄だと思っていたからです。

「八十六号、あなたは誤解している。あんなに何度もわたしから処罰を受けていながら、なぜあなたはまだわたしを友人だと考えるのか」

目の部分を覆う透明樹脂に部屋からの光が反射して、「王子」の表情が読み取れませんでしたが、彼の「声」には訴えるものがあったと思います。

けれど、わたしには答えるべき言葉がありません。

「わたしは軍に所属する者ですからあなたに同情するとか、腹を立てるとか、罪悪感を覚えるといったことは絶対にない。ただ、あなたが行おうとしていることにあらかじめ注意をしてもいいと、わたしは上から許可、ならびに指令を受けている」

わたしの顔にも表情がなかっただろうと思います。そもそもどういう感情を持つべきかわからなかったのですから。

「ひとつだけ教えておきましょう。あなたの部屋に配られる小冊子にしか、あなたの随筆とやらの頁は挟み込まれていないかもしれないのですよ」

わたしこそがどこか遠くへ飛んでいってしまいたいと思ったのも当然でしょう。複写用紙を綴《と》じただけの作りならそれはあり得る、と心臓に穴をうがたれたような気持ちがしたのです。

しかし一方わたしは心の片隅で、これは「王子」の嘘だろうと信じたのですよ。実は今もそう思っていますし、だからこそ正直にこの小冊子にこの原稿を書いています。

誰にも読まれていないかもしれないという可能性は、わたしにはどんな身体的処罰よりも苦しいものだとご理解下さい。今もこれが、この文章が収監者諸君に届いていないかもしれないのだと、わたしはどうしても信じるわけにいきません。なんのためにそんなことをするのでしょうか。まるで精神科病棟か何かでそういう治療法でも受けているみたいではないですか。随筆療法？

万が一、万々が一、読む者が限られていたのだとしても、少なくとも梁氏や「王子」、そしてその上の立場の方が一部であれ読んでおられることだけは事実なのであり、わたしはまだ正真正銘のどん底には突き落とされていないのであります。

しかし、そこで「王子」はこう言うのです。

「また、あなたが親しげに梁氏、梁氏と書いている上級官吏殿もまた、わたしと同じようにあなたと友人になったつもりは微塵《みじん》もないでしょう」

わたしは大きな衝撃波が来るのを既定のこととして理解し、けれどそれを防ぐ手段が皆無であることも瞬時にわかって、相手のつぶらな目を透明樹脂ごしにただただじっと見ているしかありません。

「あの方の苗字は梁とは限りません。あなたに最初に聞かれた時、ただその場の気分で適当にお答えになっただけでしょう。上級官吏殿が独房にいる収監者に気軽に名前を教えると思っているのですか？」

どのくらいの時間、わたしが答えずにいたかよくわからないのです。太陽が後ろでかげっていったことだけは、あとから視界の記憶を巻き戻すことでぼんやりと汲《く》み取れるけれど。

やがてわたしは、鉄扉の向こうから現場担当官吏氏が去っているにもかかわらず、廊下の壁に向かって小さく横に首を振ったのであります。

＊

『月宮殿暴走』にはこんな場面もあったと思う。

なぜ覚えているかといえば、ああした小説が出てきてしまっては、ますます人類の妄想癖がひどくなると懸念し、いつか長い批判を書こうとして帳面に文を写したりしながら精読したからです。

前回の引用部分が、他の作品の場合と違って非常に断定的でしかも詳細であることにお疑いが出ていると聞き、わたしは自分の身の潔白を証したい。『月宮殿暴走』がこの世に存在しないなどというおかしな話はあり得ないからです。

ではわたしがそれを夢で読んだとでもいうのでしょうか。あるいは、主人公・楊春湛の語りを耳もとで聞いた村人たちのように、わたしもまた「幻音」を聞いたのでしょうか。

書物の確かな手触りを思い出します。

あれはわたしが妻より先に還暦を越えた頃のことです。その翻訳書は当時、大量の印刷物が世に出回ったためにみるみる低くなった紙の質を見事に反映し、中の頁と表紙の区別がつかないほどでしたし、安い墨を使ったためか活字がまるで紙魚《しみ》の平たい死骸の並んでいるような毛羽立ちかたをしていたのを覚えています。そのこと自体は決して珍しいことではなかったのですが、友人の編集者やら作家に会うとずいぶん評判のよい小説だっただけにわたしは勝手にその書物『月宮殿暴走』が豪華な昔の、大物作家が特別に書き下ろしたような、下手をすれば箱入りのあり得ないような贅沢《ぜいたく》な顔つきをしているのではないかと思い込んでいたようです。

いわば見かけは平凡な書物だったのです。

けれど一行目に目を落とした途端、わたしは書き手の妄想が暴風雨のように自分に強く襲いかかってくるのを感じ、息をのみ、同時にこの文学はあってはならない危険な存在だとはっきり理解したわけです。

同様に一行目が凄《すさ》まじかった小説に『野生の探偵たち』という、今世紀初めに亡くなってしまった智利《ちり》の作家の作品があります。もちろん今ここに翻訳文を正確に書くことができます。

「はらわたりありずむにぜひとも加わってほしいと誘われた」

片仮名の使用は亜細亜連合のさる重要な部局からのご指示によって禁じられておりますが、文そのものは間違えておりません。自信があります（ちなみに、片仮名禁止のご指示はまことに正しいものであります。東端列島の特に近現代、片仮名は海外から流入する物、事柄、人のすべてを吟味なく受け入れるのに役立ち、わたしどもはこの表記法によって自分たちがすっかり脱亜入欧したと考えたのですから）。

わたしはこれを読んだ二〇一〇年頃、衝撃のあまり書物を一度手から落としてしまったくらいなのです。なんだろうか、はらわたりありずむとは？　そこに加わるとはどういう意味なのか？　期待がふくれあがって胸が高鳴り、爆発してしまうんじゃないかと思って書物を拾いあげるのに何分もかかったのを覚えています。そこまで強く電流のようなものに貫かれた一行目は初めてで、うれしいかな予感は長編を読み進む間、一度も裏切られなかったものです。

わたしはそれ以来ともいえる書き出しを『月宮殿暴走』で体験したのでありますよ。

「ご存知の通り、潮が満ちるたびに魚たちは深い海溝の闇から浅場に泳いで来て岩にぺったりと腹をつけ、書物を読むことになる」

ご存知の通り、とはそもそも何だ！

書物を読むことになる、と決めつけているこの語りの調子は？　そして『月宮殿暴走』という題名、この冒頭の海底の話のちょうどいい距離感は何なのだ！

続きが読みたくなるではないか！

ということで、わたしはしばらくぶりに書物を手から落としたのですよ、皆さん。以前よりもずいぶん軽くなり、手触りも荒く獣めいたその長い小説を。

ただし前と違って、なぜこんなものが出てきてしまったのかという嫌悪感が入り混じっていたことは言うまでもありません。できればこれが他の書のように内容薄く、想像力の幅の狭い、人の心を底から動かすことのないものであれと、わたしは家の書斎で、妻の見舞いから戻った夏の夕暮れに電灯もつけずじっと下を向いて願っていたのです。

「その干潮までに読まれる無数の書物のうち、七色に光る斑点を横腹につけた赤魚が故郷の小さな入り江で読んでいる数枚の藻を重ねた形の一冊を素潜りで抜き取ると、私は海辺に待たせておいた老漁師の手を借り、その書物を始めから読んでみることにしたのだ。なぜならその小刀ほどの大きさの若い赤魚の目が大変理知的で、なおかつずいぶん深く藻の群れの中に頭を突っ込んでおり、ひどく集中しているのがわかったからである。それがつまらぬ書物であるはずもない。ことに赤魚というものは他の魚に比べて読書の趣味がいい、と春秋時代『海徊録《かいかいろく》』にも記されている」

文章にほぼ間違いはないと思います。こんなおかしな始まりはなかなかないから。そして赤魚が読んでいたとされるのが、すなわち『月宮殿暴走』という書です。

このように別の書物がどこからか出てきたという体裁は、例えば東端列島で[redacted]罪にあたるか否かを問われた『四畳半襖《よじょうはんふすま》の下張《したばり》』(襖の紙の下地として貼られていた書が見つかったとする)がよく知られておりますが、その作者永井荷風《ながいかふう》は他にも『濹東《ぼくとう》綺譚《きたん》』という作品の中で主人公が「失踪」なる小説を書いていると入れ子形式の設定をしておりますし、仏蘭西の大作家安徳烈《あんどれ》・紀徳《じいど》の代表作『贋金《にせがね》つくり』では作中人物が同名の小説を書いていることになっていて、実に迷宮めいています。

また東端列島で艶《なまめ》いた近代小説を次々と成した谷崎潤一郎《たにざきじゅんいちろう》に『春琴抄《しゅんきんしょう》』という傑作があり、これは書き手が「鵙屋《もずや》春琴伝」という小冊子を手に入れたという始まりで、こちらもまた書物中の書物という形式によって、独特の真実らしさを醸し出している次第。

小冊子に書かれた記事という意味では、まるでわたしのこの『小説禁止令に賛同する』のようですが、もちろん前者はありもしない伝記の再現であり、後者は実際にわたしが書いている随筆でありますよ、皆さん。そこを信じていただくためにこそ、わたしは『月宮殿暴走』をここに再現しているのですから。

それはともかく、多くの作家たちは別の作家が書いた書物を裏打ちとして自らの小説を書き、起源の真実を仮構することがあります。いや、明確に他の小説を作中に出さなくても、実はあらゆる作家が同じことを行っていると思います。

なぜなら虚構を書くという点で、例えばわたしのように手書きをする者で言えば紙の上で文字が運動するという点で、どの逸話も根源的には虚構の階層の区別がつかないからです。例の『行人』での、情報としては差がないという話と同じです。谷崎潤一郎が原稿用紙の上に『春琴抄』を書くことと、「鵙屋春琴伝」なる小冊子の内容を書くことになんの違いもない。それは同じ平面上に作り出される同じ文字の列だから。

けれど、現実らしく書くことが近代小説のひとつの絶対条件であるからこそ、起源めいた書物の方を別格であるかのように書く。正直なところ、作家はそれを遊びのようにして書きます。しかし、みるみるうちに確かにどちらかの文章がより現実らしくなり、また逆に嘘らしさの面白みを生む。

随筆にこんなことは必要がありません。

襖紙の下に貼ってあった随筆があるのでそれを紹介する、などと面倒な迂回《うかい》をするより、「こんなことを妄想した」と書き出せばいいだけの話です。

さて、ともかく『月宮殿暴走』は、こうした別の場所から見つかった小説だと設定されながら、それが赤魚の熱中していた藻に書かれた文章だとされる時点で、現実らしさを求めているとは思えない。

けれど人間というのはおそろしい脳の隙間を持っていて、どれほど理性がこの馬鹿らしさを認識していても、さてそれは実際どんな内容だろうかと興味を持ったり、最初の時点でそこまで非現実的だと続く逸話がどれほど常軌を逸していても気にならなくなり、やっぱりそれを「現実らしく」読んでしまうのです。

理不尽な性暴力や家庭内暴力を受け続ける者が、自分が悪いからこうなるのだと悪しき物語を構築してしまうように。老人があり得ない話を聞いて詐欺だとは思わず、自分に話しかけてくれていることに喜びを感じるように。

小説はその弱点につけこむ。

銀行には今でもあらゆる場所に「振り込め詐欺にご注意下さい」「その振り込みは誰か知らない人からの依頼ではありませんか？」と書かれてはいないでしょうか？かつては朱肉入れの蓋の上にさえ印刷されていたものです。

その方式で、すべての書物の表紙に注意書きを示すべきなのです、「これは小説ではありませんか？」「誰かよく知りもしない人が書いた話ではありませんか？」と。いや、小説出版が禁止されたのだから、裏流通に気をつけるべきでしょう。駅の壁や、電脳書店の玄関、あるいは図書館の受付の台などに「虚構を見つけたらご一報下さい」「小説らしくなってくる随筆があればすぐに書物を閉じて届け出を！」と貼り紙をしなければなりません。

今なら絶対に取り締まられていてしかるべき『月宮殿暴走』はどのように常軌を逸していくのかについては、次号に警告と共にお伝えしたいと思います。

まだ例の、主人公であり語り手である女傑・楊春湛さえ明らかには姿をあらわしておりません。

（精神鑑定請求　強度処置　中度処罰）

十

二〇三六年もとうとう十月です。

わたしは初秋の陽光の黄色い弱々しさを自分に近く思い、かえって落ち着いたような気分で息を吸います。

寒露《かんろ》の初候です。

さあ七十二候を一緒に見ましょう。

鴻雁来《こうがんきたる》。

雁が飛んで来始めるのは、内地も東端列島も同じです。また鳥が渡っている。自由に、いやひょっとしたら不自由に行ったり来たりを繰り返している。

冬を越えるために渡り鳥は北から戻って来る。燕は越夏し、雁は越冬します。厳しくなる環境を逃れ、巣を捨てて移動し、やっぱり彼らは季節をやり過ごす以外の何かを得ているように思います。群れをなして餌も水もなく飛び続けることそれ自体が、彼らになくてはならない行為なのだとしたら、それは一体なんなのか。

弱い者を間引く知恵、いや意志、それとも気温の中間地点に生存し続けることのできない生物としての限界、あるいは人類が想像することのできない種類の衝動でしょうか。

あと五つの夜を過ごせば次候。

東端列島ではごく当たり前に、菊花開《きくのはなひらく》。

けれど内地では雀入大水為蛤《すずめたいすいにいりこはまぐりとなる》。

なんと雀が海に入って蛤になるというのです。

七十二候の暦の中で、こんな不思議な言葉は一か月半ほどあとの立冬、末候の野鶏《やけい》入水為蜃《みずにいりおおはまぐりとなる》、雉《きじ》が海に入って大蛤になるくらいのもの。

どちらも鳥が海底の生物に変わる季節だと言います。思えば燕や雁と違って、雀も雉も海を渡らない鳥類だ。そして彼らは彼らで海底に消え、貝に変わって口をつぐむ。

秋から冬へと風が冷たくなるにつれて。

わたしはいずれにせよ外を見ることのない人間ですが、脳裏に彼ら鳥たちを思い浮かべるとすれば、渡る者か貝になる者か。

今夕の空は夕焼けるかもしれません。そんな色の光が午後のこの部屋を満たしています。弱く淡い蜜柑《みかん》色に、鳥の群れの影は黒く目立つでしょう。

けれどその時間わたしは、海水の中に次々と落下していく鳥のことを思っているだろうと思います。

わたしがなぜこんなに感傷的になっているのかといえば、妻の亡くなった夜が近いからだろうと思います。十月下旬の小雨の降る火曜だったと聞いています。まさかそれまでに自分が投獄されるとは夢にも思っていなかったわたしは、決定的な経済危機が叫ばれる中、身のほどを知らない大きさの墓を買ったのです。もちろん自分もそこに入るつもりで。

旧首都の東の端、江戸川沿いの寺の中に。その川はわたしが生まれ育った小さな町の近くを流れていましたから、わたしは戦争の影が空を覆う中、個人的な懐旧の念というものに駆られたことになります。

それまで住んでいたのも旧首都の東部、下町側ではありましたが、むしろわたしは隅田川に心を惹《ひ》かれていた。たくさんの文学の中に描かれてきたからかもしれませんし、単にその人工的な姿に自分の気持ちと合うような調子を受け取っていたのかもしれない。

けれども妻が、それも東北生まれで新首都には大人になってから住みついたという彼女が病で入院生活を余儀なくされると、わたしは自分の拠《よ》り所を欲しがるようになった気がします。

蛇行する川が妻の背中のあのぎざぎざした痕を思わせたのでしょうか。それともわたしが家族というものを思う時、とうに亡くなっていた父母に連れて行ってもらった短い枯れ草だらけの河原を思い出すからでしょうか。

幻音が聴こえます。

ああ、これは妻のあの時の声だ。

わたしが突然獄につながれることになったその二週間ほど前のことです。静かな昼下がり、陽光の射さない病室で、掛け蒲団の上にしつらえられた小卓に頰づえをついた妻は、こちらを見上げている。

妻はこう言うのです。

「あなたを密告しました」

わたしは知っていた気がして驚くこともできずにいたのを覚えています。ちょうどこんな秋の終わりです。

病院の外では風が強く吹き始めることもなく、雨も降らずに、ただ鼠《ねずみ》色の雲が空にとどまり曖昧に広がっている。今この建物の周囲がそうであろうように。

妻は息を切らしながら続けます。

「あなたは牢屋に入って生き延びて下さい。興奮した近所の人に囲まれて殴り殺されるよりましだと思います。監獄のお役人なら寸前で止めるそうですから。これから空襲も自爆も毒殺もあるでしょう。あなたには生きていて欲しい。それからなるべく他人の悲惨な死体を見ないでいて欲しい。そしてどんな結果になっても是非わたしを恨んで下さい。わたしはそのつもりで」

肩を上下させていた妻の声が、この耳の奥に響きます。

「あなたを非国民だと訴えたのですから」

わたしはそれからちょうど十二回妻を見舞い、そして突然逮捕されたのであります。

死に目に会えなかった妻とわたしの墓。

江戸川沿いの瓦屋根の小さな寺の墓地。

幼いわたしは友達とたも網を持ってその川の向こうの大きな公園へ出かけ、池でやごを獲ったものです。そして酒屋の子供だった彼の家の屋上で空いた酒樽《さかだる》に水を入れ、金魚屋から買ってきた藻を投げ入れ、そこでとんぼになるまで毎朝登校前にのぞき込んで育てたのを、初夏から夏の空気とともに肌に思い出します。

今はもうそこがどうなったのか、新首都各地でのあの連続自爆事件があった二年後から、もう十二年間も外に出ておりませんから推測しようもありません。

けれど、わたしはわたしの頭の中にだけ世界を作り上げることがうまくなったと思います。江戸川沿いの墓にどんな野草が生い茂っているか。河原に逃げた人々が、まるでわたしの子供時代に見たことのあるような掘っ立て小屋に住んでいる様子。あるいはわたしたち夫婦が暮らしていたあたりの、建物屋上からの攻撃で黒く焼かれた土の上にやはりぼうぼうと生えた萩《はぎ》やすすきや名もわからぬ細い草の現実味のないほどの丈の高さ（東端列島で一回目の原発事故から三年後。進入禁止地区の近くまで行き、誰も住まなくなった町の至るところに自分の背丈以上の草がはびこるのを見たからでしょう）。

きっとそれは紛争の終わった今、また急速に開発されて姿を消していくに違いない。愚かなほどの無計画が東端列島の人間の特徴ですから、亜細亜連合の重要なる部局の皆さんの思惑をよほど明確に具体化しない限り、旧都市地域ではあの丈の高すぎる草のように排水溝の脇、玄関の混凝土のひび割れ、子供一人入れない家と家との隙間にさえ、人は何かを作り、利用し、窮屈さの中で過ごすことでしょう。

一方、新都市はどうでしょうか。この棟の現場担当者の方々から聞く言葉の端から、わたしの頭の中にだけ作り出されている新しい町の実際は。今後何百年間も入ることのできない列島の■側からなるべく遠く離れ、東北地方の内地側に作られた新潟・富山併合地域は。

　特に亜細亜各地域から流入する資■の束が構想するのは、そこを東亜細亜最大の港にし、物資を貯蔵するための拠点に変えることでしょうから、地下深くまで掘られて倉庫化され、各区域をつなぐ地下街が発達し、むろん港は再開発されて船が集結して、まるで古代朝鮮半島の北に渤海《ぼっかい》が興り、海洋貿易にいそしんだようなにぎやかさを敗戦一年にしてすでに呈しているのではないか。

　管理棟の外でこれを読んでいる方々、まるで違いますか？　失笑なさったり、わたしの想像力の鈍さに呆《あき》れている方などがいらっしゃるのでしょうか。そこは実際にはどうなっているのでしょう。細かいことを聞かされることのない新都市、新《しん》富京《ふきょう》は。

　そしてわたしが旧首都の東に買い、妻がそこにいるだろうあの墓は。

*

「王子」は、梁氏が梁氏でないと言います。

このわたしの文章がわたしの房に配られる小冊子にだけ挟み込まれているのだと言

います。

わたしに指導を与えに来られる担当監視員殿は、もう偽の小説など二度と書くなとおっしゃいながら、わたしの右足に正当な処置をなさいます。まぶたをあけさせ、そこに砂のような粒を入れてこするような医学的処置が先月から始まったのはなぜでしょう?

わたしが『月宮殿暴走』は確かにわたしの読んだ非常に魅惑的な、だからこそ忌避せねばならない小説であることを強調し始めてからのことではないでしょうか。

皆さん、わたしは董英明の『月宮殿暴走』を真実読んだのです。

確かにわたしは二〇一三年、五十二歳の年に『存在しない小説』という短編集を書いています。計六か国の「存在しない作家」による短編を紹介する形式です。

それは虚構に決まっています。

存在しない翻訳家、仮蜜柑三吉《かりみかんさんきち》がわたしに送りつけてきた作品をすべて書物にまとめるなどということが実際にあり得るわけがありません。

全部わたしが書いたのです。

六編とも例外なく架空の小説家たちによる小説です。あ、いや一編はわたし自身の名義で書かれておりますから、連作全体の中では仮蜜柑三吉に名前を乗っ取られた形でありながら、しかしむろんわたしが書いたのです。自ら架空の誰かになりきって。けれども、だからといってなぜそのわたしが今頃また、ここで董英明という作家の名を騙《かた》り、小説のかけらを書いているとおっしゃるのでしょうか？　同じ手法では小説を書かないと意気がり続けていたわたしが？

思い出して下さい。わたしが『月宮殿暴走』を読んだ当時、すなわち紛争が始まる数年前は、以前書いた通り出版社が乱立し、海外から直接翻訳書がいくらでも持ち込まれていたのです。それぞれの国がそれぞれ他国からの書物を密輸し、販売していたことはすでに書いた通りであり、皆さんもよくご存知のはずではありませんか。

もっとくわしく書きましょう。

東端列島においてはかつて「取次」という特有の構造が出版社と書店の間に存在しましたが、紛争直前にはもはやまるで機能しておらず、売れそうな書物は出版社以外の場所で作られて直接電脳空間でやりとりされ（ただしそうした出版物は電脳機械の中で読まれるばかりでなく、特に信仰的な信用を勝ち得たのはあくまでも紙に印刷された物質でしたから、統合されて生き残った幾つかの現実書店と流通のための機構は、そこそこ潤ったはずです。今は知りません）、どこで何が売られているかを完全に把握できている者は皆無だったはずです。

ですから、世界中の小説家や読書家の間で話題になった董英明のたった二冊の作品は、公的な記録としては残っていないかもしれません。わたしが彼の名前を数文字間違えて覚えている可能性もある。

あるいはなんと電子検索でも一切出てこないように、それこそ世界中の好事家が一斉に彼の名を消去したのでしょうか。誰もが自分の履歴を消すことができなくなった窮屈な社会の中で、もしそんな奇跡が起こったのだとしたらわたしたちはむしろ大声をあげて喜ぶべきかもしれない。

けれど皆さん、わたしの頭の中に彼の小説は残っています。履歴を消すことで、彼が小説を書いたという罪を消すことまではできないのです。読まれてしまったら最後、それはこれまで多くの例を挙げてきたように様々な詐術を一気に起動させ、読者の脳を現実から引き離す。妄想にしがみつかれた者たちは、作者が夢から醒めて現実に書いた小説を自分の悪夢として生きることになる。

悪夢は国家に奉仕し、殺人に奉仕し、暴力の連鎖に奉仕する。なぜならあの「一列にしか書けない」棒のような文章から、立体的な世界を享受したように錯覚させるまことに不条理な力は、そのまま人に暗示を与えて操る力に直結しているからです。

よい小説はゆえに槍《やり》で突き刺して天にかざし、非難され続けねばならない。

よい小説はすぐに誰にも知られないまま悪用されるのだし、よい書き手はその悪用に気づいていても止めることができないのです。

さて、読者の皆さん、わたしたちは再び敗北した人間です。長く続いた紛争に。わたしたちは悪夢から醒めなければならない。

そのためには、時を巻き戻すのです。

小説が生む世界を、一列の文字に戻すかのように。

そして一列の文字を書かざるを得なかった不自由な書き手が、唯一自由であったはずのまだ何も書かなかった時空間へと。

「夢から醒めた」と彼らが書き出す前へと。

そして今度こそやり直さねばならない。

わたしたちの歴史から、単一の列と化した文字を消す。同時に、複数に書かれる方法を見いだす。人類が諦めてきた新しい書法を、どうか今こそ実現しようではありませんか。

悲惨な繰り返しはもうこれで終わりです。

そのためにもわたしは『月宮殿暴走』を正確に思い出し、この場で一列の文字へと戻して、徹底的に批判します。

そして以前ご説明したように、「聞く者によって物語が変わってしまう」という内容の小説を、せめて「複数に書かれる方法」を考えるためのよすがとしたい。董英明は物語によってそれを示唆していたかもしれないからです。

いや、よすがどころの話ではありません。わたしは毎夜、弱くなりゆく人間です。わたしたちがやり直すやり方を、この独房の外で亡くなっていっただろう無数の人々のためにも、わたしは、わたしたちは今すぐつかみ獲らねばならない。

この老いが底に達する前に。

「歳月は老《おい》の底より還りがたし」

かの白楽天に影響を受けた東端列島の詩人、惟良春道《これよしのはるみち》が書いている通り、達してしまえばもう時間は光を失い、強い重力で自ら縮小していく以外ないだろうと感じます。

＊

黒々とした海藻に頭をつけて文字を読むたび、七色に光る斑点を横腹につけた赤魚はその一部をついなめとってしまうため、女傑・楊春湛は浜で昆布の色の肌の老漁師と一緒にそれを茹《ゆ》でるのだ、と書いてあったと記憶します。

大釜を用意し、海水を桶で入れ、波で打ち寄せられた木々の折れ端が朝の太陽で乾いたのを擦り合わせて火を育て、海に潜って奪い取ってきた藻を、まだ幼かった頃の女傑・楊春湛は老漁師に秘密で教わった通り、ぐらぐら沸き立った湯の中に入れる。すると海藻は一瞬で鮮緑色に染まるが、赤魚に傷つけられた部分だけは黒く縁取られたままになる。それは小さな赤魚の小貝のような歯からわずかな毒が出るのと関係があるかもしれない、と董英明は書いている。

女傑・楊春湛はその春に四歳になったばかりだった。村でも文字を読める者は彼女の母と彼女だけだった、と言われている。がそれにしても四歳にして海底に潜り、藻を茹でて長い物語を読み切るとはまこと楊春湛は英雄、女傑の名にふさわしい者である。

また彼女がそれから十数年の間、あちらこちらの浜辺で出会い続けた奇譚の数々が、十何世紀かにわたって海の波で藻から藻へと転写されていったという名作『月宮殿暴走』であったことのなんたる不可思議。そして必然であろうか。なぜとなれば幼い女傑・楊春湛が初めてそれを読んだ時、数枚目の藻にこう書かれていたからである。

主人公たる女傑・楊春湛、これを読む。

考えてみれば塩辛い海水の中から引きちぎってきた海藻には番号など振られてはおらず、女傑・楊春湛はよい色に茹だっている順にそれを読んだに過ぎぬ。

であればこの物語の書き出しとした「ご存知の通り、潮が満ちるたびに魚たちは深い海溝の闇から浅場に泳いで来て岩にぺったりと腹をつけ、書物を読むことになる」が、魚たちの読み習わしてきた長い文章の発端とは限らない。

「主人公たる女傑・楊春湛、これを読む」という碑文のごとき一文から始めるのが妥当だという者もあろうし、いやそれこそが最後の行なのだと笑う魚もあるに違いない。

したがって、もしこれが書物となってあなたの前にあらわれているというのなら少なくとも頁をばらばらにし、ちぎったり逆さにしたりして読んでよろしい。ある文字だけひとつ読んで、そのまま波の流れに沿って素早くどこかへ消えてしまってもよいのだ。

これはきっとそうやって読まれてきた物語だから。

事実、あなたも一度くらい見たことがあるのではないか。小魚が藻に食らいついているところを。彼らが上から下、下から上、右左と移動し、光合成の働きとしてぬめった藻の表面に酸素が透明な泡となって吹き出れば、そこを句点として文を読み終え、急にふいと泳ぎ去るのを。あれをあなたも真似るといい。

さて、やり方は各自におまかせするとして、幼い女傑・楊春湛が浜辺で読み始めた自分の物語とは果たしていかなるものか、それをここで語るのにふさわしいのはむろん私、女傑・楊春湛以外にない。

さあ、そこの人、聞いていきなさい。

赤魚が読んでいたのはこの話。

私もまたこれを読んで育ったのだ。

月宮殿とは文字通り、月にある御殿のことで、私の母は私を腹に宿した夜が満月で、潮も銀色に満ちている時刻のことだったと言い、お前はそこから落ちてきたのに違いないと毎夜寝物語に歌うのだった。

父は出稼ぎから数夜帰っただけで母を孕《はら》ませたと知ると、自ら三、つ、打、ち、命、中と名乗って得意になり、そのあだ名を染めたのぼりを作って掲げながら町の酒場へ出かけ、私の将来が月のように輝かしいのだと何度となくやっぱり歌ったのだそうだ。

私、女傑・楊春湛がこれほど大きな声をしているのは、父と母の子であるからに間違いなく、やがて村一番どころか県一番の財を成したことのある楊家の、私こそ正統な娘であること、裁きの場でも主張した通りである。

*

月が光ると海も光るのだった。

『月宮殿暴走』はそう続いている。わたしはこの小説をなんとよく覚えていることか。そして書かれた海が揺れて光るのをくっきりと頭の中で思い浮かべたことか。それも特に強くひと筋、浜辺に立つ者に向かって光は射す。銀色の道はどちらへ動いても必ず一直線になるから、私の村ではそれを月からの布と呼び習わし、そこに死ぬまでの人生がすべて巨大な文字で織りあらわされていると信じられていた。

「ああ、俺の村でもそうだったぞ」

「これは旅のお方、海の前でお育ちで？」

「そうさ、海南島北部の孤島の出だ」

「ほう、珍しや。じゃあひょっとすると、藻に書かれた物語も？」

「読まん。まさか字が書いてあるとも俺は知らんかったし、わかっていても読めなんだ」

　まわりの者はみな口を開けて笑った。

「そうでしたか、おじさん。けれどご安心下さい。今からそこに書かれていたすべてをお話しいたしましょう」

つまり私、女傑・楊春湛は海の下で赤魚が読む私の物語と、海面で月光が伝える私の物語の双方によって人並みはずれた生涯を予言され、今ではこうしてその奇想天外をあなたにお伝えしているのです。

と、ここまでが小説の冒頭部分である。

確かにわたしはこの小説を読み、口承文学めいた古さにとまどい、しかしどこまでを確かな現実とするか決められない複雑な入れ子構造に現代文学的な調子を感じて、正直なところ魅了もされ、同時に激しく警戒したのであります。

これはいかにも小説だ。

やがて亜細亜連合の重要な部局の方々が正当な禁止令を出すことになる、いわば虚言の手並みのすべてがここにあると当時すでにわたしは感じており、人間の脳はもうこんなでたらめに現実感を覚えていてはならないと苦しい怒りに震えたのであります。わたしを管理して下さっている皆さん、これでもわたしの記憶に狂いが生じているとおっしゃるのでありましょうか。

時間をかけて克明に思い出し、かつて研究した折の文章をわたしはでき得る限り正確に、最大限集中して写し取ったのですよ。そもそもこんなわたしらしくない小説はありません。獄につながれるまでに書いた二十五冊と比べていただければ、それがおわかりになると思います。

わたしにもし声があれば、「王子」とすっかり交代してしまった現場担当官吏氏にもこの訴えを聞いて欲しいと思います。

そしてもちろん梁と名乗られた監視官殿にも。優秀なるこの拘置所の官吏であるあなたならきっとおわかりになるはずです。

わたしが何度も[redacted]を受け、このように体力を奪われてまでなぜ嘘を書くとおっしゃるのでしょう。

この国を滅ぼし、他の国にも戦火を広げ、現実逃避をさせ、何よりも作中人物が容易に読者と入れ替わるような非論理的な世界をこしらえ、物事が確定したかのように過去形を用いていかにも現実らしいと思わせ、他人の心が覗けるように勘違いさせ、知らない国の知らない人間、あるいは魚、鳥、岩石や樹木が何を語るかを聞かせ、信じさせ、想像力をたくましくさせ、文字は万能だと思わせてしまう危機に、わたしたち人類はどれだけ長く瀕《ひん》してきたことか。

東端列島の中で自分ほど小説禁止令に深く賛同する者はいないのです。ましてその禁止令の正しさを筋道立てて語れる者もいません。それなのに皆さんはわたしを信じることなく、必ず文の端々まで疑いをもって読み、書くべきでない文字を黒く[redacted]せ、足に強い[redacted]をし、一夜ごとに頭に白く[redacted]がかかるような[redacted]をもうすっかり固くなった腕の内側の皮膚へと打ち、起きてみれば実は足、腕、首、手と体中すべてに[redacted]があり、そこかしこが[redacted]んだけれど、それでもわたしはこの小冊子に、あなたがたの望むことを書き続けてきたのですよ。

わたしは書くのです。書いてきた。ずっと書いてきました。

それがわたしの生きている意味でした。

ひとつはこうだ、皆の衆。

と主人公・楊春湛は山奥の村から歩いて五時間はかかる町の辻で、なおも木箱の上に立ったまま呼びかける。

この私が話して聞かせるのはおのれの体験であるか、それとも赤魚も読んだ物語か、あるいは月の光の布に書いてあったものか、こうしてみるとよくわからんのだが、少なくとも私が今朝森で倒した大熊の言った話でもないし、四歳で海に潜っていた私が水中で神かくしにあって一年ほど帰ってこなかった時に記憶に刻まれた逸話でもない。

青狼《ちんらん》山脈の高い斜面に緑でふさがれた鍾乳洞があり、中に一人の偉い方が自然に出来た安楽な椅子に腰掛けておられる。

周《じょう》大老と呼び習わされているので私もそう呼ぶが、大老はもう千年も二千年も一万年もそこにいて外に出ないんじゃ。春も冬も周大老は鍾乳洞の奥から森を見下ろし、山と山の間に光る海を見ているから、あの月光の布に織られた巨大な文字を読むこともできた。

文字は誰かの手によって書かれ、未来のことがすべて反対の意味で示されているとどこぞの誰かが何百年か前に周大老から聞いたそうな。したがって漢王朝の役人人事も、共産党の長征も、果ては細かい法律の条項に至るまで、劉《りゅう》某という宦官《かんがん》は位がひとつ下がると織られていれば上がり、紅《こう》四方面軍はどこそこの町を国民革命軍より先に制圧すると織られているのならば、逆に奪い取られるのは必至なのだった。

こうして月光の布にこの世で起きることの反対が織られているのは、周大老にとっては当たり前のことで、もともと大老は洞窟の奥の椅子に座って入り口に背を向け、目の前に盛り上がっている小さな卓に彫られた縦横《たてよこ》九かける十の筋の交点に駒を置いて、秦《ちん》大老と呼ばれる今はもうそこにおらぬひどく偉い方と中国象棋《しょうぎ》をなさっていたのだそうな。秦大老は老いに老い、片足から常に血を流し、それでも白ずくめの服を身にまといながら、かろうじて覗いた目の奥で周大老の指す手をじっくりと見つめる。

勝負がひとつ終われば数百年経っているような時間の中で、大老同士は互いの中間地点に彫られた大河の両脇に馬を置き、兵士を置き、砲を置き、帥《すい》を置き、象を置き、そうすることで宇宙の摂理を作っているのだった。

すなわち、現実の都も村々も飢饉《ききん》も大火も戦も官吏の出世も凋落《ちょうらく》も、すべて盤上で予言されていたのである。このことは我が国の人間ならばみなどこかで聞いたことがあるに違いない。それは伝説ではなくて、真実なのじゃ。

けれどその盤上遊戯に昔異変が起きたのだそうな。大老二人が勝負をしてきた将棋の指し手の中で、最も大切な帥をのぞいて兵だけが二つずつ、それも横隣の筋の上に残るということが起き、兵を動かせば必ずいずれ相手の兵にとられるからには、同じ手の繰り返しにならぬよう帥が動いている以外に方法がなくなった。

都も村も浜辺の集落にも変化がなくなってしまうと、人間や動物や魚や鳥は不思議なもので命は永らえていても活気を失う。世界の王たる二人の帥が、盤上で互いにずるずると足を引きずると、それに合わせて宇宙の陰陽もただ互いに押し引きするだけで、飢饉も大火も戦も官吏の出世も凋落も起きなんだそうじゃ。

それが千年も続く世を打ち破ったのが、この私、女傑・楊春湛のご先祖、初代の女傑・楊宇春《やんゆうちゅん》であった。つまらぬ世界に飽き飽きした女傑は森に歩み入り、育たぬ樹木を蹴り倒し、狼の群れを威嚇するだけで追い払い、泉を壊して水の流れを変え、やがて鍾乳洞を見つけて躍り込むと、あの縦横九かける十の直線と中央に流れる大河の線を殴り割り、より奥の方に座っていたというだけの理由で秦大老の首根っこをつかんで鍾乳洞の入り口からあの遠い海へと投げ捨ててしまったのだそうだ。大老は鳥のように一直線に空を飛んだ。

秦大老はそれでも以来、月光の布に指し手を織り、はるかかなたの周大老にそれを見せているそうじゃ。

対局とは正反対の位置から世界を見ることであり、示すことである。したがって大老同士が文字で遊戯を続けることになった世では、海から届けられる意味はいつも逆でなければならぬ。そう、周大老は言っている。そうでなければ陰陽の勝負にならぬ、対局にならぬと。

しかも月光の布に織られた文字は、銀色の光を透過させ、その下で揺れる魚や藻にも読まれるから、あの赤魚が目玉を近づけて読み取る物語はもともと秦大老が織り上げた、この世の逆を示す言葉なのかもしれない。つまり私、楊春湛が読んでいる、私の物語は。

ちなみにご先祖、初代の女傑・楊宇春が乱暴狼藉《ろうぜき》を働いた直後、周大老はご先祖さまの足を秦大老にしたように錫《すず》の棒で何度も打ち据えて罰を与え、同じ棒の先で背中に北斗七星を模したかのような傷を負わせ、以来彼女は夜が来る度にずんずんと骨に響くほどの背の痛みに耐えて生き、それでも世界を破壊して回ったことはまた別の話。だが、皆の衆、そこの海南省のお方、今夜はうるう年十月の最後じゃ。宇宙がひとつ伸びるような時じゃから、特別にこれを見せてさしあげよう。

そう言って私、女傑・楊春湛は集まる者たちにたわわな乳房が見えるのもかまわず、着ていた綿の古い丹前を脱ぎ捨て、後ろを向いたのだった。

白く大きな背中一面に点と線があり、汗ばんで動く肌がその北斗七星、そして首のすぐ下の天皇すなわち世界の王たる北極星、さらに見たこともない星座の数々を示しているはずだった。

「やあ、お前はご先祖さまの罰をいまだに受けておるのかい」

と例の浜辺から来た男が大声をあげた。

私、女傑・楊春湛はそのままの姿勢で答えた。

「そうかもしれぬし、ご先祖さまがそのまま私であってもよい。それもまたひとつのお話じゃから。しかし皆の衆、もし秦大老が月光の布に織り込んだことがこうして伝わっておるなら、実は私は女でなく男か何かで、昔は今で、これは笑い話などではなく皮肉の連続で、まことでなく嘘じゃよ」

すると浜辺の男は波の上を行く鷗《かもめ》の悲鳴のような声を高く響かせ、ならばこういうことになるぞと私を責めるように言葉を発する。

「それなら女傑・楊春湛よ。お前は高貴な神話の語り手なんかではなく、乳房を見せて金を取るようなはしたない小説じゃあないか。お前こそが小説じゃ！」

すると女傑・楊春湛は目の前の小蝿を吹くような調子で言ったそうな。

「小説で何が悪い？」

途端に無数の鳥がかさかさと空を羽ばたいて陽光を黒くさえぎり、あたり一面に白い糞《ふん》を放った。

（文書四五〇了　八十六号集合墓地埋葬）

解説

温　又柔

小説禁止令？

絶対にいけない、そんな愚策をまんまと許しては。小説を禁じるなど、言語道断だ。しかし、そこに続くことばに面食らう。

え？　賛同？

……と、まずはタイトルに惹きつけられた。すぐに、これはおそらく、時の権力によって小説が禁じられるという、表現の自由が著しく損なわれた状況を想定して描かれたディストピア小説にちがいないと予想する。

舞台が、数十年後の近未来であるという設定も不穏な生々しさがある。

本書の初出は二〇一七年十一月号の「すばる」だが、そこから約三年を経た二〇二〇年十月現在、相次ぐ公文書改竄《かいざん》問題や、日本学術会議が推薦する思想信条の自由や人権の尊重に深く関わる研究分野の研究者六名が政府からの任命を拒否された件など、わが国において表現や言論の自由が危ぶまれる状況は、残念ながらそれほど非現実的ではない。『小説禁止令に賛同する』（以下、本書）が、こうした世情に対する切迫感の中から生み出された小説とみなすのは、おそらく不自然ではないだろう。

……何らかの罪を犯したかどで長年独房に収監されている「わたし」の年齢は、七十五歳。時代は西暦二〇三六年と明記されている。「わたし」の経歴は、本書の著者であるいとうせいこう氏のものといくらか重なる（もらったのは、講談社エッセイ賞？　受賞作は『ボタニカル・ライフ―植物生活―』？）。

言うまでもなく、この「わたし」が、いとう氏であると考えるのはまったくのナンセンスだ。これは随筆でも私小説でもなく、小説であるのだから。自分にそう言い聞かせながら本書の読者たる私は、本書の著者の顔――この解説をお読みになっている読者諸氏でいとう氏の容貌がまったく思い浮かばない方はほぼ皆無でしょう――を頭から追い払って、この小説に集中しようと試みる。

亜細亜連合、[redacted]年紛争、敗戦国。旧政府に、新政府。不当な弾圧……禍々《まがまが》しい文字列を辿《たど》りながら、どうやら、「小説禁止令」という法は、「亜細亜連合の新[redacted]局」が発布したものであり、「わたし」はそのことに対して「誰よりも早く快哉を叫んだ文学関係者」であると知る。そして、「小説が呪わしい無意識を引きずった存在だということを明らかにするために」「それらを暴くためにこそ、わたしは書くことを許されている」のだとも。

ただし、小説の呪わしさを暴くことが「わたし」の本意かどうかとなると、いささかあやしい。ひょっとしたら「わたし」は長年取り上げられていた「帳面」と「万年筆」を死守し、書くという行為をどうにか継続したいがために、時の権力——亜細亜連合の新[redacted]局——の顔色を窺《うかが》って、わざとそう主張している可能性もある。いや、わからない。どちらともいえる。

いずれにしろ、この小説の世界では、小説が禁じられている。

しかし、なぜ、小説のみが禁じられたのか?

どうして、随筆なら許されるのか?

ある書き物が、随筆ではなく小説だと判断される根拠はどこにあるのか?

そもそも、小説とは何なのか?

いや、それ以前に「書くとはいかなること」なのか?

「書く」ことを人類にもたらした「文字の始まり」とは?

本書は、ものが書かれる現場での、そのフィジカルな側面——字を書くとき、それを縦に連ねるのか、横に続けるか。あるいは、筆や万年筆といった筆記具で染みをつけるのか、キーボードで打ちだすのか——にも及びながら、小説を、書く＝読む、という行為がもたらす効果や、小説として書かれたものが、読み、読まれるという営為について、徹底的に検証している。

たとえば、声と「幻音」についての考察（P78〜79）。または、「過去形」の発明が近代日本文学——本文では「東端列島」と表現されている——を生み出したということ（P83〜）。

小説なるものは「**不誠実な文の塊**」なのだと「わたし」が言い立てれば言い立てるほど、この小説を読んでいるこちらは、その「不誠実」さこそが、小説なるものの魅力にほかならないのではないかと考えずにはいられなくなる。

「**小説で何が悪い？**」

あらためて、記しておこう。

本書に登場する『小説禁止令に賛同する』と題されたこの書物とは、「非国民」として逮捕、投獄され、二十年近く独房に収監されている御年七十五歳の人物が、旧政府による「不当な弾圧」ののち、政権交代直後、「**新政府の時代を**（……）**湧き上がる文章でもって祝う**」ものとして、月一回発行される小冊子『やすらか』に約十回にわたってしたためた随筆という体裁で書かれた小説である。

と同時にこれは、小説という形で書かれた、小説なるものについて根源から検証した胸躍る小説論だとも言える。

たとえば、「練られた筋書きだの、生活の機微を活写した虚構だの、人間のありようを深く追求するだの」いったもの。あるいは、「登場人物がおり、場面を移動し、会話も多彩で、人物の来し方行く末も描かれ」たもの。

小説が禁じられている状況下であくまでも随筆として書かれたという設定のこの小説を読む間じゅう、「小説だけができるすごいこと」をまともに希求することなく、なんとなく書かれてしまう小説の退屈さを私は何度も思い知る。そして、小説、もっといえば、日本語で書かれ、純文学と呼ばれるような小説の文章は、どのような出来事も「いかにも現実らしく」書くべきものだという思い込みのせいで、かつての自分が抱いていた渇望感と絶望感が赤裸々に蘇《よみがえ》るのも感じる。

当時の私は、自分自身の人生のある一部分を、どうにか小説として表現したいと望んでいた。もっと具体的にいえば、日本人ではないながらも自分は日本語で生きてしまっている、と自覚した瞬間を中心に、そこに至るまでの過程を私は書きたかった。タイトルが、先にあった。「好去好来歌《こうきよこうらいか》」。タイトルだけが、しばらくの間、浮遊していた。というのも、「小説っぽい」文章がなんとなくできあがるたび、私は絶望した。

ちがう、こんなものではない……私にとって革命的だったあの一瞬や、それにまつわる一連の出来事は、こんなふうに、なめらかな一つのものとして束ねられるようなものではない。書いてはちがう、書いてはちがうと私は繰り返した……本書を読みながら、夏目漱石による「複数の存在が同じ場所を占有することはできない」という文言によって導かれた以下の箇所と出合ったとき、私は、「好去好来歌」を一篇の小説として仕上げるまでに、自分がどうしてあんなにももがいていたのか、久々に思い出していたのだ。

「複数の存在が同じ場所を占有することはできない（……）これは今の今まで、人間と社会のことを示唆したと考えられてきたと思います。三角関係において、二人の人間が妻ではあり得ないとか、歴史は一回性を持っていて、どれかひとつしか人類は選びようがないとか。

しかし、それが『書く』という行為の基礎だとしたらどうでしょうか。無数にあり得る文からひとつだけを選び取り、そうでしかいられない不自由さを積極的に受け取ることなのだとしたら。

それは『夢から醒める』ことそのものではないでしょうか。

つまり、生きるということだとしたら」

「書く」こととは、複数あるうちの、たった一つの可能性のみを選び取るということ。ありとあらゆる他の可能性のことごとくを、いったん、背後に押しのけること。なぜなら、私（たち）は常に、そうであったかもしれない可能性とそうではなかった可能性と隣り合わせの状態で、この可能性を生きている。書くことによって写し取られる「現実」とは、たまたま選ばれてしまった一つの可能性のあらわれでしかない。しかも、「現実」そのものとのずれを必ず孕《はら》みながら。


「書けば書くほど現実は遠のいていく。

どうしようもない感覚です。

わたしはこれを書きようがない。

過去を受け入れて見つめて言葉にしているのに、ひとことひとことが別な世界を生み出してしまう。

それは小説でも随筆でも同じ。

現実など書きようがないし、それでいいのかもしれません」

　だからこそ、「いかにも現実らしく書く」ことにのみ縛られていては、「小説の、いわば書かれたものの平面に生じる怪しい次元」には、到底、たどりつくことができない。どんな文章も究極的には「ひとつひとつの言葉をひたすら一列に」並べられたものでしかなく、そうであるからこそ、この「簡素な棒宇宙」の特性をどう生かすか知恵を働かせることは、小説を存分に遊ぶためには必要不可欠である。たとえ「自分の見ている世界がたった一回しかこうでありえない」という「現実」は動かしようがなくとも、小説を書くという遊びによって、こうではあり得なかった無数の「現実」を生きられるのかもしれない。小説なるものを書き、読むことの希望をそこに感じられたからこそ私も、「小説」を書くことを自分に禁じずに済んだのだと思う。

　だからもしもあなたがかつての私のように、小説を書いてみたいと渇望しつつも、いざ、「小説っぽい」ものが書きあがるたび、ちがう、こんなものが書きたかったのではない、ともどかしさを覚えているのなら、「小説だけができるすごいこと」とは何か、そのヒントがちりばめられている本書は頼もしい小説指南書の役割も果たすことになるだろう。そう、あなたが、「いかにも現実らしく」書かれたもののみが小説らしい小説だと思い込まされてきたのなら、あなたを本書は必ず解き放ってくれる。

逆に、そのような小説でなければ小説らしくない、純文学らしくない、と信じて疑ったことのない小説家志望者が本書を読めば、読了後は小説が書けなくなる危険性も大いにある。しかし、その危険はむしろ歓迎すべきなのだ。何しろ私たちの多くは、小説を書く（≒読む）ことに対して少々、真面目すぎる。実のところ、小説に対して私たちはもっと放埒《ほうらつ》になっていい。小説を書くことそれじたいをちゃんと楽しむことは、書かれるべき素材が具える深刻さを少しも損なわない。むしろ、生かすだろう。そして、すでにお気づきだと思うが、本書こそがその紛れもない証なのである。

「未来はあなたが聞かせてくれたものと違っているかもしれない。わたしがあなたの奴隷でない未来もきっとあると、わたしは思います。過去も同じこと。けれどどんな時にも、わたしはあなたを携えていたい」

私も、小説という書物を、その無数の可能性を、どんな時にも携えていたい。小説という遊びを遊び尽くすことで、かろうじて、この世界（現実）の複数性を保つことができるのかもしれないのなら、なおさらだ。

（おん・ゆうじゅう　小説家）

初出　「すばる」二〇一七年十一月号

本書は二〇一八年二月、集英社より刊行されました。

集英社文庫

小説禁止令《しょうせつきんしれい》に賛同《さんどう》する

2020年11月25日　第1刷　　定価はカバーに表示してあります。

著　者　いとうせいこう

発行者　徳永　真

発行所　株式会社 集英社
東京都千代田区一ツ橋2-5-10　〒101-8050
電話　【編集部】03-3230-6095
【読者係】03-3230-6080
【販売部】03-3230-6393（書店専用）

印　刷　大日本印刷株式会社

製　本　ナショナル製本協同組合

フォーマットデザイン　アリヤマデザインストア　　マークデザイン　居山浩二

ISBN978-4-08-744177-2 C0193